✦ 善用語言元素及知識 ✦

英文學習
快N倍

黃淑鴻
著

推薦序

周中天

慈濟大學英美語文系教授兼系主任

前國立臺灣師範大學英語學系翻譯研究所教授

英語是全世界共用的語言，各國中小學幾乎都將之列為必修的課程，某些家長更因為期望極高，在學校課程以外，還要給孩子安排各式的英語學習活動，希望得到與眾不同的效果。

當然，我們也看到各式的英語教學方法應運而生，各有巧妙不同，甚至彼此互相矛盾，不僅讓學習者無所適從，不知如何選擇，甚至第一線教學的老師，也常為之眼花撩亂，難以取捨。

其實，外語學習，除了學習的主體：外語之外，學習者的語文性向、個人特質、興趣喜好、母語背景、學習環境、學習目標等等，都會影響到學習的效果，也是決定教學方法的重要考慮因素。所以，我常說，任何的學習方法，都可能在某一種時空環境下，就某一類的教學內容，對某一類的學習者，發揮某種程度的學習效果。外語教學，沒有萬靈丹，教師除了自己要具有足夠的語文能力，還要深刻地研究語文的語意、語音、語法、語用內涵，更要熟悉各種教學方法，再觀察學生的需求與反應，不只因才施教，還要因時因地加以巧變化運

用。當然，這樣的能力，都要由對語言的最基本認識開始，有深刻透徹的了解。

　　黃淑鴻教授，是國內知名的英語教學專家，多年在英語師資培育上，竭盡心力，貢獻深遠。現在不高談闊論，而由基礎起，將英語學習者常遇到的困惑提出，一一剖析討論，相信不僅為學習者解惑，也為眾多英語教師提供了最佳的思考研究方向。身為黃教授的前期同學，看到她為英語教育的用心與投入，也特別感動欽佩，希望更多教師同仁一起努力，不斷為學生提供最好的學習指引。

自序

　　讀者也許對英語文有興趣而學習，有些讀者可能是不得不學，為了應付考試。有些讀者具高度學習動機，卻老是不得要領。有些讀者很害怕學習英語文，太多問題找不到答案，於是放棄。

　　本書中的章節都是筆者在教書幾年中碰到的議題，提出來與大家分享。希望能夠給很多學習英語文過程中碰到問題的讀者一些答案。

　　本書分三階段：第一階段是語文元素，讀者先認識英語文基本要素，真正的從基本認識學習目標，如同出門時的第一步，卻認了出發的方向；那麼學習英語文的路上就不易迷路，學習就不難了。

　　語言基本元素為文字符號與語音。學過英語文的人都知道學英語文，從英文字母開始。但大小寫字母共幾個？如何計算？大小寫字母功用為何？如何念讀字母？學會字母就夠了嗎？會字母認讀後，可以念讀單字嗎？如何念讀單字？如何書寫字母？這些都是學習語言應該先認識的基本元素，有了好的開始，當然就是成功的開始。

第二階段是語文知識，讀者除了學習英語文，還需具備相當英語文知識，語文知識如同周邊條件。好比現代人都有部電腦，電腦周邊工具也不能少，沒有週邊工具，電腦無法發揮最佳功效。好比說英語，懂英文，人人懂，人人都會；如何高人一等？語文知識的功效是幫助理解，不但知其然，還能知所以然。好比潤滑液與助燃氣，讓學習的軌道上，更順暢，讓學習機械發揮最大功用。

　　第三階段是語言與文化，文化範圍包山包海，可大可小，簡單的小議題可以大大牽動學習看法。無論從小地方看世界，或由世界看小點滴，本單元舉例如何在生活小細節中學英語文，或由簡單文字語言中學習英美文化；從教科書中、字典上沒有詳細說的，從各種角度，各種方式認識與學習英語文，不侷限學習英語文於書本，而是多元方式學習。

　　教學多年來，無論是科班的、非科班的英語文學系學生，甚至包括筆者當學生時，都不見得對英語文具足夠認識與知識。筆者認為只要有概念，方向、觀念對，無論學習者的程度，無論學習的階段與過程，還是有很多成長空間。本書更希望讓讀者從基本學習語文認識開始，把學習當樂趣，從樂趣中學習英語文，才能快樂開心學習。

　　學習動機是學習根本，但好的動機如同一把火，很容易被困難澆滅。概念與知識像燃料，像助燃氣讓動機之火，綿延不斷。本書希望澄清迷思，建立學習英語文的正確觀念，從簡單細小基本的元素與語言知識開始，如蓋房子從基本鞏固地基開

始；有了正確語文意識與觀念就像有了良好堅固的基礎，讓學習者前進，因為建立了正確的觀念，自然建立信心。信心讓人不斷學習，即使碰到疑問、困難與挫折時，不會輕易放棄。

黃淑鴻

目 次

第三單元　文化與語言

語言元素

任何語語言的基本元素為兩項：

一、文字符號，

二、語音。

例如學生學英語，第一步是學字母，即認識所有字母符號後，第二步就是念出這些字母，寫這些字母。本單元談這兩樣元素與學習英語文過程中的重要性，還有他們對學習英語文的影響。

很多人都認為學字母，認讀字母與書寫字母很簡單。對有些人的確很簡單，很快上手。對有些人因這兩個簡單的元素，在學習過程中卡關，即使不知道原由，有人努力克服了，有些人卻無法繼續，以至於放棄學習。讀者無論是老師或學生或家長，是否有想過這些問題：

為什麼英文字母分大小寫？

為什麼一個字母的大小寫長像不一定一樣？

如何決定什麼時候用大寫字母？

什麼時候用小寫字母？

可不可以全用大寫字母？

可不可以全用小寫字母？

每個字母的念法都一致嗎？

A一直都是發A的音嗎？

為什麼一定從ABC到XYZ？

為什麼字母都學了，但拼字，老是卡卡？

為什麼學新單字都會了，但念不來？

　　也許有人覺得這些都不是問題，本來就是這樣。那麼，讀者應該高興，沒有讓這些問題煩惱你，學習的路上，順暢無阻。也許有人覺得這些都是問題，也請別煩惱，你給自己一個很好的機會，學習認識英文的多面相，不但增長見聞，還能跨越小門檻，進入更寬廣的英語文世界！如果讀者不知道有這些問題，也許似曾相似，雖然已克服了小難關，但從不知為何？或者從來沒問題，也不妨看看，是否這些題目曾造成周昭朋友的難題呢？不妨想想這些議題是否將來是問題呢？

大寫，寫大一點？
小寫，寫小一點？

　　這是很多人的想法：大寫字母是把字母寫大一點，小寫字母是把字母寫小一點。是這樣嗎？

　　例如A是a的大寫，A的面積比a大很多，但一個是三角形，一個幾乎是圓形，字形不同，怎麼比大小？可是學英語文第一步就是學字母與大寫、小寫字母。老師、大人又說：A與a是一樣的念法，他們是同一個嗎？

　　視覺上：大寫體積看起來是比小寫大一點，可是大一點的A線條看起來像幾何圖形的三角形，跟另外的大肚弧體a，就像一顆高麗菜，有一外葉外翻，兩個符號形狀看起來根本不同！怎麼比大小？

　　以下先以字母字型草寫字體與印刷體字型（形狀）說明大小寫差異，再以表達大小寫的英文字彙解釋。

1.草寫字形

　　大家認為大寫只是寫大一點的觀念可能與字體有關，以下

是草寫（手寫）的書寫體，有些字體真的只有大、小差異：

（1）字體大小差別

如字母c, k, m, n, o, p, q, u, v, v, w, x, y, z如下面列表：

大寫	小寫	大寫	小寫
$\mathscr{C}$	c	$\mathscr{K}$	k
$\mathscr{M}$	m	$\mathscr{N}$	n
$\mathscr{O}$	o	$\mathscr{P}$	p
$\mathscr{T}$	q	$\mathscr{U}$	u
$\mathscr{V}$	v	$\mathscr{W}$	w
$\mathscr{X}$	x	$\mathscr{Y}$	y
$\mathscr{Z}$	z		

以上用草寫（手寫）是因為上課時老師或學生在黑板上手寫的與草寫體接近。單看這個草寫字體，真的是寫大一點或寫小一點。

（2）字體不是大小差別

同樣書寫體，有些字母的字形差距較大如a, b, d, e, f, i, h, j, l, r, s, t，他們的字體不是寫大一點，寫小一點。

大寫	小寫	大寫	小寫
$\mathcal{A}$	a	$\mathcal{B}$	b
$\mathcal{D}$	d	$\mathcal{E}$	e
$\mathcal{F}$	f	$\mathcal{I}$	i
$\mathcal{H}$	h	$\mathcal{J}$	j
$\mathcal{L}$	l	$\mathcal{R}$	r
$\mathcal{Z}$	q	$\mathcal{S}$	s
$\mathcal{T}$	t		

　　請注意看，以上左右兩個字型筆畫完全不同，體型上，有些左邊的字母也許比右邊的字母大一點，所以不是只有寫大一點或寫小一點的問題。

2.印刷體字型

　　時下教科書、文宣、3C產品文字呈現英文的方式，大都以電腦印刷體呈現。印刷體的字母大、小寫不只是體型的大、小，他們的筆劃幾乎都不同。請看下面的列表：

　　例如以下全部印刷體列出所有字母的大、小寫，請注意那些字母的筆畫與形狀差異較大？

大寫	小寫		大寫	小寫	
A	a		B	b	
C	c	∨	D	d	
E	e		F	f	
G	g		H	h	
I	i		J	j	
K	k		L	l	
M	m	∨	N	n	∨
O	o	∨	P	p	∨
Q	q		R	r	
S	s	∨	T	t	
U	u	∨	V	v	∨
W	w	∨	X	x	∨
Y	y	∨	Z	z	∨

　　除了這些打勾的字母c, j, m, n, o, p, s, u, v, w, x, y, z體型較相近外，其他字母大小寫的字母體型上並不相同。

　　以上以形狀作分別，無論草寫或印刷體，二十六個字母的大、小寫差異太多了。因此，大寫小寫，絕對不是單純大寫把字母寫大一點，小寫把字母寫小一點。

3.英文大寫的意思是什麼？

　　這個名稱「大寫」、「小寫」應該與翻譯名稱有關，英文的大、小寫的正式的說法是：

（1）正式說法

英文表達	中文翻譯
capital letter[1]	大寫字母[2]
upper case	大寫
lower case	小寫

以上正式英語說法capital letter的英文意思是指字母以upper case型態出現。正式說法沒有明確的指大、小區分。如果真的將這兩個詞照字面翻譯（請看下面註解，提到了字形大小，也提到不同體形），恐怕很難懂，也不易說明。

（2）非正式用法

非正式的說法較容易懂，而且與大小體型有關：

small letter	小字母
large letter	大字母

以上說明了中文的「大寫字母」與「小寫字母」，只傳達了體積大小的概念，並沒有傳達字型與筆畫不同的概念。學習者視覺上在認讀大、小寫字母時，識別出字母字型與筆畫不

---

[1] capital letter: A letter written or printed in a size larger than and often in a form differing from its corresponding lower case letter. (The American Heritage Dictionary p. 133) 美國字典中大寫字母的定義是：一個字母體型大於且通常字型不同於相對的小寫字母。

[2] 朗文高級（英英，英漢）雙解辭典。

同，反而困擾學習過程。尤其對小學學童，他們對語言、文字、符號的認識與知識不多，因此學習英語文的過程中，疑惑與困擾導致學習挫折，以至於放棄，真的很冤枉。

讀者也許不認為這是問題，但請注意，有些學習英語文者的疑問或問題出現在起步時，有些人的問題出現在進階時，有些人出現在高階時。是不是越往上走，好像問題就慢慢的浮現？而且，越來越多，越複雜？

很可能是在初階時，已種下了不已為意的小疑問，往後走，疑問漸漸變成小問題，越往後走，小問題可能變成大問題。如果讀者對英語教學與學習有興趣，本書所談的問題提供給讀者參考與思考。

讀者都知道寫句子時，第一個字母須大寫，只有這個時候用大寫嗎？請看下一篇，「甚麼時候用大寫？」

什麼時候用大寫？

如果有人問：英文字母總共幾個？

讀者一定不假思索說：二十六個。

筆者看法不同，因為計算的方法不同。認識字母大、小寫，應該從字母的計算方法開始。

1.英文字母，總共幾個？

如果，把一個字母的大、小寫只算一個，是二十六個字母。

但筆者認為以字母大、小寫分開記算，應該是一共五十二個。筆者把大、小寫分開計算的說法是：確定學習者是否知道大、小寫字母的寫法與功用。

讀者是否曾想過：

（1）為什麼要分大、小寫？

（2）功用是什麼？

字母分大小寫是因為他們出現在不同地方，作不同樣的功用。

2.什麼時候用大寫？

讀者看一般英文文章中句子的文字（字母）都是小寫，什麼時候用大寫？也許讀者已有答案：只有句子開始的第一個字母大寫。但是否知道，可以通通都用大寫嗎？

使用大寫字母通常用在以下三方面：（1）標題，（2）專有名詞，（3）句首。

（1）標題

標題不外是引人注目，還有提示重點。例如台北市某市長為宣傳台北市，文宣標題為TAIPEI GLORY「台北市的榮耀」。因為這是文宣標題，所以用大寫，告訴讀者注意該文宣重點。

有些書的標題或書名也是全部用大寫。例如下面這本書封面中間的英文標題也是告訴讀者這本書的重點是：實用英文寫作（PRACTIAL ENGLISH WRITING），所以全部大寫。

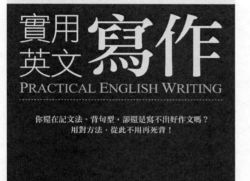

作者：曾春鳳
出版社：秀威資訊科技股份
　　　　有限公司

（2）專有名詞

　　專有名詞顧名思義就是某些名詞專屬的特性：他們每個字的第一個字母須大寫，這種特性是一般名詞沒有的。最簡單且常用的是個人的姓名，如John Smith的第一個字母J與S須大寫。因為這個名字只有叫John Smith的人專屬的。

　　下面這本書的書名是London Poetics，作者Allison Tzu Yu Lin。

作者：Allison Tzu Yu Lin
出版社：秀威資訊科技股份
　　　　有限公司

　　每個字的第一個字母都大寫，這本書的名字叫London Poetics，書名也是標題一種，所以第一個字母L，P都大寫，作者叫Allison Tzu Yu Lin，這個名字也是作者的專屬，所以每個字的第一個字母都大寫。當然有時候可能與版面編排有關，無論如何，名字的第一個字母一定大寫。

　　再舉一例：China第一個字母需要大寫，因為地名，而且只有一個地方，它專屬的名稱叫China，中國。如果小寫china，那就是一般名詞，不是地名，是指「瓷器」。

（3）句首

　　大寫字母是區分句子的方式。每一個句子的開始，第一個字第一個字母是大寫，用大小來標記句子的開啟。現代印刷業發達，文件的文字很清楚，古代都用手寫，要很清楚的表達句子的區別，除了標點符號、間距，可能還不夠。因此用大寫，不同字體來區隔。以下舉例：

Once a upon a time, there were three bears—a great big papa bear, a middle-size bear, and a wee little baby bear. They lived in a little house in forest[3].

　　第一句第一個字Once的第一個字母O大寫，第二句的第一個字They第一個字母T大寫。

　　大、小寫字母不是只有筆畫、體型大小不同，他們還具有不同的功用，所以不同樣的情境中需要不同樣的字型。如果語言學習過程中多知道一點，給予學習的任何目標賦予意義，任何學習都是有趣而且引導繼續往前學習的動機。認識了字母大、小寫，接下去是否知道怎麼念每一個字母呢？請看下一篇「這個字母怎麼念？」

---

3 三隻熊，作者：拉簡考司基，出版社：蘭登公司。The Three Bears by F. Rojankovsky. Random House Inc.

這個字母怎麼念？

當小學生學完二十六個字母A-Z後，老師開始教自然發音拼讀法。

老師不斷創新，想辦法讓學生快樂學習。家長很投入，學生也很認真學習英語。不過，老師、家長、學生心中還是有些不解的問題。

以下字母C與字母S為例，說明老師教認讀字母的方式。（以下用中文或注音符號標示雷同的音，讓讀者了解學生可能的想法。本篇中如果是用中文標示雷同的發音，則放在括符（　）裡。單字的正確發音以KK音標標示則放在[ ]裡）

1.字母C認讀與單字認讀

老師說：C [si], C [si], C [si]（司一），[k], [k], [k]（丂）
cake [kek]（丂せ一丂）

老師手指ca念：[k] [e], [ke] [ke]（丂せ一，丂せ一）然後

老師手指cake念：[kek]（ㄎㄟ一ㄎ）

小朋友：（乖乖跟念）。

小朋友心想：第一個字母C的「司」呢？「司」後面的
「一」呢？
ca不就是像「鞋」（司一＋ㄝ）嗎？
為什麼前後不一樣？這兩個C是不同的
C嗎？

2.字母S認讀與單字認讀

老師說：S [εs]（ㄟ司），S [εs], S [εs], [s]（絲）、[s] [s]。
SEE [si]（司一一），C（拉長）

小朋友想：SEE[4]念C（拉長），懂。可是那個S前面的
[ε]（ㄟ）呢？
SEE等於C嗎？（請看下面註腳KK音標的正
確發音）

別說小孩，大人也不懂，為什麼？到底這兩個字母要怎麼
念呢？學生的問號一堆，有時候學生會問，但是不問還好，越
問越迷糊！

---

[4]　SEE [si]

3.這個字母怎麼念？

　　小朋友鼓起勇氣問老師，到底這個字母C怎麼念？

　　老師回答：C（司一, [si]）

　　小朋友：為什麼到了cake又念[k]（ㄎ）？

　　老師說：這叫字母名與字母音，

　　　　　　C的名字是[si]，

　　　　　　這個字母C的聲音是[k]。

　　小朋友與家長都一堆問號，什麼是字母名？什麼是字母音？字母就字母，怎麼那麼多事？重點是哪個是哪個？與前一篇一樣的概念，每一個字母不管大小寫，他們在不同情境中，具不同功用，念讀字母也一樣，不同情境下，即在不用單字中出現，念法也會不同。

4.字母名

　　每個字母都有個名字，就像老師點名時，就會將全名：姓＋名，正經八百的唱名。所以老師教字母A-Z，當然要正式介紹，把他們的名字教給學生。例如：

A [e], B [bi], C [si] → S [ɛs], T [ti], → Z [zi]

當老師教字母S時，老師說：S[ɛs]就是教字母名，[s]（絲）就是教字母音。

5.字母音

當字母放入單字裡時，他們代表了這個單字裡的某個音。所以，就只能將他們代表的（字母音）音發出。而不能用他們的全名（字母名）。以下舉三個說明：

so

[so]

字母S放在單字so裡，這個符號s只代表一個音：[s]（像絲）

need

[nid]

字母N放在單字need裡，這個符號n只代表一個鼻音[n]（像恩）

Ant

[ænt]

字母T放在單字ant裡，這個符號t只代表一個音[t]（像ㄊ）

字母N，T，D都是同樣的方式看待。所以字母的念音到了單字裡，只使用字母音。請記得這個概念還可以幫助拼音[5]與發音，如果讀者會聯繫字母音與單字發音，自然可以幫助發音與拼字。

如果還是不會的讀者，或不是很清楚的讀者，別急，請繼續閱讀下面「字母學會了，然後呢？」篇。

---

[5] 其實老師在教字母名與字母音，老師是在教音標概念，例如老師教字母S[s]後，後面又念三次[s]（絲、絲、絲）。老師就是再給符號與音的連結，這個概念就是：當看到單字裡有這個符號S，就要念[s]（像「絲」的音）。

字母學會了，然後呢？

筆者的學生描述他們的學生學習英語的狀況：

　　有些學生對二十六個字母認讀，沒問題！

　　書寫大小寫，沒問題！

　　課堂上跟讀單字、句子，沒問題！

　　上課時，學習態度與進度，跟大家一樣有說有唱，沒問題！

　　但是只要是個別念讀單字、句子，沒有提示，通通都不行！

　　如果再回到字母，要求學生把單字中的字母，認讀一次，每個字母都對，可是把這些字母放在一起變成單字，完全不行了！到底問題在哪裡？

他們的問題可能是：

1.字母名與字母音的概念與區分不夠。

2.不能組合語音（字母音）成為單字念音。

3.缺乏對拼音語文的理解。

1.字母音與字母名的概念與區分

單獨念字母時,每個學過英語文的人都會從A到Z的頌詠,這就是「字母名」。

將字母放入單字中時,使用的音是「字母音」。例如學校老師教單字cat時,通常都會這麼做:

將字母名念三次,再將字母音念三次,或是各一次:

C　C　C　　[k] [k] [k]

A　A　A　　[æ] [æ] [æ]

T　T　T　　[t] [t] [t]

cat　[kæt]　cat　[kæt]

想確認學生對單字的字母認讀時,發現學生都會認讀,都正確。例如上面的單字cat,如果要學生念每一個字母,應該都沒問題。其實老師只確認了學生會的是字母名,但沒有確認字母音。

一般人或阿公阿媽也會認讀字母,從A到Z,他們會的是:字母名。一般人常常會忽略了字母音,學生在學習時,也沒有在意,反正就一直跟讀,以為學英文字母就只是學字母,會念出字母名就好了;背單字是另外一回事。因此,當把

字母放在一起組合成單字時，需要將字母音組合時，問題就產生了。

2.語音組合

　　每個單字的念音是將「字母音」組合。例如單字cat是將以下括符裡的音[k æ t]組合成cat的念音。（例如老師教單字時，字母後面的音）

字母音	字母音
C　C　C	[k] [k] [k]
A　A　A	[æ] [æ] [æ]
T　T　C	[t] [t] [t]
cat　[kæt]	cat [kæt]

　　　　絕對不是將ＣＡＴ的字母名組合，念成
　　　　　　　　　　[si e ti]

　　筆者的學生當中，的確有人這樣以為：把字母名一一念出，所以當大家跟老師念讀單字時，雖然心中很多疑問，他或她還是跟大家一起念。至於記單字、拼字與念音，完全死背。若不是她學習英語文的熱誠高昂，她說早就放棄了。直到上筆者的語音學課時，學生對筆者表示，終於了解語音組合的

概念，已前的想法讓她走了很多冤枉路。

3.拼音語文

　　字母與發音的關連性大的語音叫拼音文字，英語文就是這種語言。任何語言都是先有口語語言，後來人類發明符號，用符號代表語音，然後將口語發音以符號記錄下來。經過時間的淬煉後，決定了某些符號組合（語音組合）單元代表某語意，這個單元成為了文字。

　　以英語文為母語的人，看到符號M，N，就可以連想這兩個符號所代表的語音，[m]與[n]。再看兩個字母 -oo- 放在一起通常念長音像烏[u]的音，所以將這三個音組合後，念讀出來，形成單字moon[mun]。這就是拼音文字的優點，看字母即可拼讀字音。

　　國語注音符號的概念與英語的拼音概念式相似。小學一二年級學生先學注音系統後，知道每個符號的代表語音，自然可以自己讀出注音符的排類組合，念讀出基本國字，老師不用單獨每一字詞都教。例如，小學生可以發出符號ㄩ與符號ㄝ，代表的語音，組合後加四聲，即可念出「月」的發音。

　　　月 ㄩㄝˋ

　　無論用ABC或ㄅㄆㄇ拼英文單字或國字，基本的語音概

念是相同的，只是呈現成文字時不同。因此認識一個正確的語音與拼讀、認讀概念後，學習者千不用害怕學習。符號只是一個工具，學習者應該使用工具，不要讓工具限制你的學習！

只學字母就夠嗎？

　　目前小學的英語教學方式使用自然發音拼讀法（phonics），當台灣小學開始上英語課時，學校老師不教KK音標，只教字母。學完二十六個字母後，老師教自然拼讀法。這個方法是以字母教小一、小二學生念讀、發音規則。

　　當台灣小學開始實施自然發音拼讀法時，很多人執疑。現在還是有些家長、學者、老師有疑問：只學字母就夠了嗎？

　　教自然法音拼讀法的考量很多，最主要的是考量國小一年級的學習負荷量。以下解釋國小學童語音學習量，自然發音拼讀法與問題，還有KK音標的優缺點。

1.國小低年級學習語音系統與符號

　　國小的低年級學生，他們要學哪些語音系統？

　　（1）ㄅㄆㄇ注音符號，對應注音符號的國語語音。

　　（2）英文字母與大小寫符號[6]，字母名與字母音發音[7]。

---

[6]　以前一篇的說法，大小寫分開計算，字母符號共52個。

[7]　一個字母包含字母名與字母音，總共是52個語音。

（3）自然發音拼讀法（字母對應單字的發音規則）

（4）鄉土語言課程（其他語音系統）

如果計算這些符號與語音：

國語：注音符號共三十六個＋三十六個語音

英語：字母小寫符號二十六個＋大寫符號二十六個

字母名二十六個，字母音二十六個

總共學童需要記住：八十八個符號（國語與英語）

八十八個語音

以此類比，六、七歲的小孩的語音負荷量，與一般大人一學年要學日語，記五十五個音，還有記片假名與平假名符號，哪個負荷量較多？是否壓力一樣呢？

2.自然發音拼讀法

自然發音拼讀法的理念是：學童先由字母開始學習，因此從字母著手，基本上，每個單字的字母與發音還是具相對應的規則。

例如以下幾個單字，將所字母的字母音加總，就是這個字的發音。別忘了上一篇「這個字母怎麼念？」提到的字母

音，（以下括符中劃線的字母，像小寫字母，代表每個字母的字母音）。

so	（S+O）	所以 [so]	
bee	（B+E+E）	蜜蜂 [bi]	
jack	（J+K）	夾克 [dʒæk]	
keep	（K+E+P）	保持 [kip]	

（1）第一個字so的念法

老師教字母S時，老師就會反覆念：S, S, S [s, s, s]（絲），

字母名　字母音

把字母S後面的字母音，加後面的字母O就是這個單字的發音。

（2）第二個字bee的念法

把字母B加字母E連在一起念，而且後面兩個E，當然發音時需拉長兩倍。這樣的拼讀就是這個單字bee的發音。其他字也是一樣的概念。

3.自然拼讀法的問題

　　無論什麼教學法、發音法都不是萬能的，這個發音規則一樣包括例外。以下舉例說明：

（1）有些字母不發音

　　以下單字中，劃線的字母是不發音。

　　　　island的 -s [`aɪlənd]
　　　　have的 -e [hæv]
　　　　light的 -gh [laɪt]

（2）有些是字母與發音根本無關

　　　　A.如以下劃線字母，
　　　　laugh [læf]
　　　　laugh字當中沒有字母F, -gh[8]的發音為[f]。
　　　　而在上面的例子light裡是不發音的。

　　　　B.stomach[`stamak]
　　　　stomach沒有字母K，但字尾的兩個字母-ch[9]發音為[k]

---

[8]　字母-gh-的組合發音只有兩種：一個是[f]，另一個是不發音。
[9]　字母-ch-的組合發音只有兩種：[tʃ]與[k]。

有些小學生被這些不規則的發音困擾，記不住單字發音，很沮喪，所以無法拼單字，記單字。請別忘記，以上舉得例子都是少數。所以，學KK音標較好嗎？

4.KK音標的優缺點

二、三十年前，國中學生學習英語，需先學習KK音標，用音標的好處是：音標一音標符號只對一個音，不用找老師，學生只要會看音標就可以發出單字的音，如同當看到不熟悉的國字，查國語字典的注音，就可以念讀任何國字了。不過，請別忘記，不管查英語字典或國語字典，前提是：會看KK音標符號與注音符號ㄅㄆㄇ。

音標的優點是一對一得絕對性，它的挑戰性是：哪個符號對哪個音，符號與與音的關連性是非常抽像。因為符號沒有給與訊息與指標，告知是發哪個音，學習者通常都是死記。

（1）優點

所有的音標系統要求是一個符號一個音。的例如以下兩個單字的音標很清楚的區分字母-th的發音。

例如以下兩個單字
teeth/teethe
[tiθ tið]

一個音標符號一個音的絕對性就是這個符號[Θ]只有一個相對應的子音，[ð]也只有一個子音對應。如果不學音標，單看這兩個字母-th放在一起時，還不知道怎麼念，要念T，還是H？還是T加H？這兩個字念法一樣嗎？因此會音標如同會注音符號，絕對可以看音標發音。

（2）缺點

音標符號與語音的關係是抽象的概念。英語所有的子音與母音符號共四十七個。這表示學習者必須先認識這些符號，再學每個符號代表的音。請別忘記很多英語語音國語語音裡沒有，雖然幾個聽覺讓人覺得很相似，其實差距很大。所以將不認識的符號與不認識的音聯繫在一起是很大的挑戰。

> 例如國語裡沒有這兩個音：[ð]、[Θ]，如果老師教：
> 這兩個字母-th放在一起時，舌頭要放在上下門牙中間，
> 而且一個有聲[ð]，一個無聲[Θ]。

對於六七歲小孩根本毫無概念老師在說什麼，哪個是哪個？別說低年級學童，恐怕沒音標概念的國一生也不見得聽得懂。

5.拼音文字

　　字母與發音的關連性大的語音叫拼音文字，英文就是這種語言。任何語言都是先有口語語言，然後人類發明符號，然後將口語發音記錄下來，也就是用符號代表語音。如用字母拼音。例如如何紀錄new（新）：

　　首音[n]與尾音[w]與該字的首、尾字母n, w相同。

　　n e w

　　[n ju]

　　這兩個字放在一起，讀者不妨試試將這兩個字母連著念，像國語的「遊」，前面加鼻音[n]，就是new（新）的念音。這就是拼音文字的優點，看字母即可拼讀字音。這種拼音文字，也將用字母所拼出來的文字作為語言的表徵。

　　自然發音拼讀法以這種概念來拼讀英語單字。姑且不看它少數不規則語音，這樣的方法是否較簡易，較適合開始入門的學習者？

　　中文不是拼音文字。即文字並不給讀音的提示，如中文字「新」，沒有任何標記可以告訴讀者念音，即使用「有邊讀邊，無邊讀中間」的方式，對這個字還是沒有標記告訴讀音。

　　無論用ABC或ㄅㄆㄇ拼英文單字或國字，基本的語音概

念是相同的，只是呈現成文字時不同。因此建立一個正確的語音概念後，符號只是一個工具，教學者或家長不用質疑或沮喪，而是借力使力，扭轉乾坤。

　　因此用字母來學習英語的拼讀是借拼音文字的優點，將最簡單的方式，從字母的學習進入英語的學習。不但不會造成小孩太多的學習負荷，也能將英語與英文在最初的步驟裡一起學習。

寫字母很難嗎？

筆者聽過這樣的評論：有些五、六年級學生別說二十六個字母念不完，連寫也寫不來。不就是把字母依樣畫葫蘆，到底困難在哪裡？

1.符號與找碴

當然，學生書寫時，不專心或不用心是因素之一。除此因素，當學生寫不出來時，表示學生對他們寫的文字符號有問題。書寫可以反應出：寫的人對所寫的文字的看法與認識，在他們的眼睛裡可能對要寫的符號無法辨識。

他們的問題是：學習者對文字符號的視覺辨識。當老師要學生「寫」字母，這是屬輸出的動作。如果輸出出問題，可以追根究柢：是否輸入時就有問題？

是否當學生「看」到某些符號時，根本無法區別？不知道或無法看出兩個符號的差別，尤其當兩個符號只有些許的差異，對於小學生還在學習如何學習，沒有訓練或沒有提示，可能不知道重點與差別在哪裡。

讀者一定有經驗玩找碴遊戲，檢視自己的眼睛，看看兩個圖片，找出不同之處。有些人費時費力，有人不費吹灰之力，找出答案；當然有些人是經驗幾次後才抓到要點。這種方式是因為大人也是從學習中學到要點。

　　如果大人都有類似的情況，小孩是否也有同樣的情況：需要從學習中，學習如何抓到重點？辨識字母？

　　寫英文字母符號最明顯的議題是：「方向」：符號的上、下、左、右的差異區分。對於寫英文，寫的人是否知道並且可以分辨這些差異性呢？以下談這個問題。（這個議題與第三單元，「未來在何方？」篇關係甚大。）

2.方向

　　例如學生寫以下幾個字母時，會產生互換使用的現象。例如應該寫小寫字母b，學生寫的是小寫字母d。

　　　例如 bad 寫成 dad 或、bab、或 dab
　　　例如 pop 寫成 qoq 或 poq，或 qop

　　這表示這些學生對具左右方向不同的字母無法看出差別，或許沒注意差別，或許根本不知道差別。因此，寫的時候，當然不會做出差別。

（1）左、右方向

下面舉這四個符號說明，第一組字母b、d是左、右相反，第二組也是左、右相反。

第一組 b 與 d
第二組 p 與 q

有些小學生對「方向」似乎毫無概念，低年級的學生甚至需要一段時間來分辨左、右方；有些一年級小孩甚至對左手、右手是無法分辨，她們需要一段時間學習。

當這個方向概念加上文字符號時，他們當然需要更多時間把「方向概念」加「符號概念」一起學習。兩種概念一起學，對低年級可能是一種負擔。

高年級也許沒有這個問題，但是，如果高年級生在一、二年級學字母沒有學好，當然到了高年級，問題多多。

第一，可能是對字母無法分辨，因此無法認讀字母。

第二，視覺輸入無法分辨，自然無法輸出書寫。即使寫了，也可能上、下、左、右顛倒。

（2）上、下方向

下面一組只有上下的問題：

m 與 w

M 與 W

字母M與W大小寫都上下顛倒。所以有學生把mom寫成wow。

（3）除了左、右方向的問題，上、下方向的問題，還有混合組與衍生組。

A.混合組

以下兩組還有上、下，左、右相反的問題：

p 與 b

q 與 d

如果沒有仔細看看上面的符號，只從上、下、左、右角度看，的確是很像。所以有些學生是這四個字母是交叉使用。有些學生將queen寫成dueen，將pop寫成bob。也許讀者覺得怎麼有可能？國語不是也有句話：錯把「馮京」當「馬涼」？

B.衍生組

下面一組是線條延伸的問題：

h 與 n

母H小寫左邊的直線比字母N小寫左線的線長一點。所以有學生把hen寫成nen或neh。

也許學生不專心，不用功學習的態度造成這種結果，但也

不能排除有些小孩對於認識這樣又像又不像的符號，比其他小孩需要更多時間學習與更多提示與訓練。

對一個才六七歲的小孩，這些符號不過是符號或線條。但符號與線條對文字符號是基本的識別元素。如果他們不知道這個基本概念，當然學習上，一定遭遇挫折。

3.草鞋、布鞋

姑且別說符號與小孩，如果讀者看過喜劇類的軍教電影，有些士官長為讓大頭兵知道左腳右腳差別，還須教口令，「草鞋、布鞋」，「草鞋、布鞋」以分左右。雖然是娛樂性質，但多少顯示出左右方向對有些人（無論大人或小孩）的認知是一個挑戰。

筆者多年來閱大專聯考的英文作文，有一年考生的作文令人印象深刻，有些學生將bad寫成dad或dab，將bed寫成deb，各式各樣上下左右相反的字母湊成單字，令閱卷的老師丈二金剛摸不著頭緒。筆者可以理解在有限時見內，需要翻譯兩個句子，又要寫一百二十個字的英文作文，這些壓力一定讓人犯錯。

但筆者聽到很多閱卷老師的反應是：這是小學單字，為什麼大學生會犯這種錯誤？老師們的意思也反映出，學生對基本元素的理解不完整，導致壓力一來，破綻自然浮現。

很多人對字母的看法總是認為這二十六個字母很簡單，為

什麼問題這麼多？讀者也許認為自己就沒問題阿！或許讀者認為只有手寫才有可能造成問題，用電腦打字，應該沒問題，其實不一定是手寫或列印的差別，請看下一篇談字母與學習。

英文字母與學習

　　筆者的學生大多數從事英語文教學，他們碰到一些問題，即使他們努力了，好像使不上力。例如認讀字母，書寫大小寫字母，認讀單字，拼讀單字，念讀讀句子，大大小小的問題在每個階段都出現。到底問題在哪裡？

　　從根本開始才能由下往上找出問題的源頭。本篇先討論符號學習，如國小的注音符號問題，再討論英文字母的學習。讀者也許不認為注音符號與英文字母學習無關，或看不出來這兩者如何有關聯。如果有這些想法，請參考本篇議題。

1.學ㄅㄆㄇ符號與學習ABC字母

　　很多年前市面上還沒有3C產品，有些家長極力反對小學生學ㄅㄆㄇ注音符號，因為有些小一學生開始學習注音符號時，對於ㄅㄆㄇ符號與對應的語音無法結合，哪個符號代表哪個音？哪個音跟哪個符號走？

　　例如當小孩看ㄅ這個符號，不知道怎麼把代表這個符號的「音」與這個「符號」連結，學童覺得很痛苦。

持反對學習ㄅㄆㄇ注音符號的家長認為，小學生只有一到四年級用到注音符號，到了高年級後，符小孩這輩子幾乎不會再用到ㄅㄆㄇ注音符號。通常高年級的學童已具備識基本國字的念讀能力，家長們懷疑，是否有必要教小孩ㄅㄆㄇ注音符號的必要？當時持反對看法的家長質疑這套系統的實用性。

學童的問題是不是似曾相識？有些學童看到字母ABC，首先對符號的識別，有些可以辨識，有些似乎不可以辨識。即使可以辨識，即使可以跟讀，當與語音得連結時，如符號A與發音[e]（字母名）或[æ]（字母音）是如何連結在一起，這種聯想很抽象，對有些學童不知所措；即使過了這階段，當字母組成單字或句子時，問題就更多了。

2.造成學童學習英文字母困難的因素

扣除生理因素、身體因素、智力問題與特殊家庭因素，真正無法學習字母的原因可能有三個：（1）小學生對ABC符號的認知；（2）他們學習英語的環境；（3）學習過程。

（1）ABC符號的認知

很多人包括老師無法理解，簡單的二十六個字母，不用二十秒，就可以把A到Z念完，有這麼難嗎？

很可能一年級學生開始學習字母時，他們以為ABC就是只是符號或者是圖案，如幾何圖案△▲□∞，不是文字。英

文字母ABC比圖案複雜，不但每個字母符號有個名字（字母名）還有讀音（字母音）。每個字母符號單獨時，發音是一種，當每個字母與其他字母放在一起時，又有不同的發音。

　　字母符號與發音之間的關係，不像圖案可以看圖說文。例如以下兩個符號，只要視力沒有問題，一般生活活動正常，沒有與世隔絕的人應該不難知道圖案的意思。在公共場合，圖案一是指餐廳，圖案二是指禁菸。

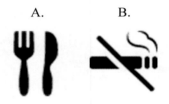

A.　　　　　B.

　　以上兩個符號是圖像，並不是文字，無論看的人士說哪一種語言，只要視身心正常，沒離群獨居與世隔絕，都可以理解圖像的意思，但是文字不同，如果沒有上課學習，由教師指導，絕對無法知道文字符號的意思與符號代表的義意[10]。

　　因此單獨看英文字母符號實在無法賦予意義，例如這個符號X，可以解讀為「叉叉」，也可以解讀為「刪除」的意思，也可解讀為英文自母大寫X。

---

[10] 《型與義的武斷關係》，黃宣範編（2012），語言學新知。

即使解釋為字母X，意思是甚麼？除非放在以下情境裡，才能有意思：到醫院胸腔科放射科用X光照相。但是初學字母時，尤其小學都只是背詠式的學習，雖然將字母放在單字裡，例如很多小學教科書或讀本都是向下面的呈現：

A apple [`æpl] （圖示蘋果）

B bee [bi] （圖示蜜蜂）

C cat [kæt] （圖示貓）等。

這種方式只學習字母方式，對學童的學習是種挑戰，在學童的母語裡沒有這些語音[`æpl]蘋果，[bi]蜜蜂，[kæt]貓。即使圖示（蘋果，蜜蜂，貓）給予視覺輔助，老師課堂上對字母的發音與字母教導，稍縱即逝。

下一次上課時，再次看到這些符號ABC時，有些小孩不需提示，可以琅琅上口，因為家裡提供很好的英語文學習機會。有些小孩還是需要圖示與語音提示與幫助，因為學校是唯一提供英語文學習的環境；如果沒有提示，根本無法有任何聯節與意義。

（2）環境

有些小孩較幸運，除了學校提供八十分鐘英語文環境，家人提共額外的學習語言機會，讓他們有更多的時間處在英語文環境裡。因此他們收到更多英語文視覺或聽覺上的輸入。外

在的刺激與輔助，還有家人的鼓勵與期待，當然造成學習良性循環。

有些台灣學童的日常生活中，每天接觸的都是國語或台語或其他母語，只有到學校，英語課才有機會與英語接觸，出了教室，回到家，家庭並不提供英語文學習環境，很可能家庭成員也不鼓勵或協助學習英語文，要求這些才六歲的學童將這二十六個符號與語音連結，具困難度。

學童環境不提供輔助與刺激，還沒到第一步的起跑點，可能這些學生已經輸了。這些學童沒有獲得良好機會學習，他們當然毫無動機，這樣的環境造成學童學習困難，當然學習過程只有惡性循環。

（3）學習過程

學習過程與上面兩個因素連動，例如有些小孩從小到大接觸英語的機會非常豐富，因此英語琅琅上口，無論學習語文或其他科目，信心與動機百分百。

有些小孩本來對文字符號或語音的認知學習需較多時間，如果這些小孩在家庭與生活圈中又得不到輔助，當然學習一定不如其他小孩。這樣的學習過程，這些小孩對語言的學習動機更加薄弱。

如果在學習過程中同儕、老師們與家人無法給予輔助，導致評量結果落後，或許還收到負面的回應，碰到這種挫折，小孩很容易放棄學習，真的把英文字母當豆芽。

3.問題與實用性

現在注音符號ㄅㄆㄇ的學習問題已不存在，因為很多手機的輸法、電腦的輸入法之一是用注音符號，這個現實生活需求讓小學學生對學注音符號，再也不是又苦又沒有意義的事。

以前沒有3C產品需求注音符號輸入法時，學童無法理解非實體的意義的個體與行為，例如ㄅ這個符號是沒有實際意義，卻要給它一個名字與語音，所以要小孩記住符號與語音，需要時間。

幸好日常生活中語言環境給予不少輔助：小孩除了天天說國語，在家裡，在學校，實際生活週召賦予「聽」語言語音環境與「看」語言文字符號的環境。

（1）注音符號ㄅㄆㄇ的實用性

將語音符號轉化為文字與意義的機會，例如老師給小二學童寫母親節卡片的練習，小二的學童認、寫國字的數目很少，因此他們都是以注音符號寫：

ㄎㄨㄞˋ

ㄇㄨˇ

ㄌㄜˋ

ㄑㄧㄣ

ㄐㄧㄝˊ

　　這個寫卡片的活動是把學習注音符號的舉動，應用到生活上。讓符號將口語轉化為文字的第一步。有了意義，學童學習與使用注音符號當然沒有問題，甚至更有動機使用符號做更多的活動，如寫卡片，寫作業，甚至在電腦、手機、平板等使用注音輸入法。這樣的動機當然對學習ㄅㄆㄇ符號更沒有任何疑問。

（2）在台灣的語言環境與問題

　　對於台灣的小孩，學ABC字母比學注音符號難度稍高，因為沒有英語的語言環境與意義，除了在學校或課外活動中提供接觸英語的機會，或家長很投入外，在家裡提供很多英語環境，否則一週上學五天中可能只有八十分鐘或一百二十分鐘接觸英語文。

　　學校、老師努力英語教育，如建立英語村，英語魔法教室，英語走廊等。英語老師用很多方法如用英語專門教室創造語言環境用歌謠、故事、動畫、圖片、口訣、諧音、繪本、童書等，讓英文符號與英語文具意義。

英語老師還要指定作業：回家聽CD，說英語給家人聽。甚至每到歐美節慶，如萬聖節與聖誕節等，學校老師們都要跟著節日舉辦活動，只要能引起學生學習動機，真的無所不用。例如最基本的字母歌謠：

A for Apple　　（蘋果）
B for Bee　　　（蜜蜂）
C for Cat　　　（貓）
D for dog　　　（狗）…
等

如果是圖書，還要繽紛彩色加圖片，如果是動態視覺教材，還要附帶影音效果，希望很引起更多的學習動機。

相信有興趣英語教學的讀者，觀看過很多美國教學節目，尤其是芝麻街兒童節目，教一個字母的影片中，幾乎重複幾十次同樣的訊息。教同一個字母的影片就有好五十幾種方式。筆者建議不妨上網路數數看芝麻街教字母的節目有幾個。

學習母語的美國小孩都需要不斷反覆的學習，更不用說在台灣沒有英語環境下，學童學習外語是否需要更多的資源與方式來輔助學習？

看似很簡單的字母認識，認識字母大小寫的字型，所牽連到得不是只有符號與字體大小的議題，還有符號認知、文字的

義意與語言認識的議題。請勿小看簡單的議題通常背後還有很多的議題關係到學習成功與否。

為什麼學母音、子音？

　　筆者碰過不少學英語的人認為：不是英語文學系的學生，沒有必要知道這麼多。不懂子音、母音，或不知道單母音、雙母音，說英語還是很溜，不知道甚麼是子音、母音，也毫不減低他們的語文能力！

　　的確，只要會字彙夠多與文法夠好，閱讀能力佳，足夠應付考試。托福考與多益又不考什麼子音、母音。即使考英語檢定考口試，只要能回答問題，還不是照樣得高分通過！

　　筆者的英語文學系的學生也有同樣想法：

　　甚至還問筆者為甚麼要修語音學，學子音、母音？

　　又不一定要當英文老師，為什麼一定要學子音、母音？

　　如果讀者對電影有興趣，應該看過經典的音樂劇「窈窕淑女」（My Fair Lady）[11]，劇中女主角出身貧民窟，平日在街上賣花，她求助於一位教語音學的教授，希望可以教授教她說

---

[11] 奧黛麗赫本（Audrey Hepburn）主演。

標準英語，因為說標準英語，才能找份好工作。教授不認識女主角前，他認為該女子的口音太糟糕了，簡直汙辱大英帝國的國語（英語）。

教授接受了她的委託後，他訓練女主角的方法之一是：要求她每天需學習與重複念讀正確的母音與子音。當教授認為可以驗收階段時，他讓一位語音專家評斷，結果專家以女主角一口標準的語音斷定她是貴族的後裔。

可見子音、母音對說英語的重要性。這個電影除了娛樂性質，還提到了一個較嚴肅的議題：口語發音正確與否與一個人的身家背景的關係。（這個議題屬社會語言學範圍將在其他書籍說明）

所有的語言語音不外乎母音與子音，所以學習任何語言應該有語音概念：對母音、子音的基本概念。所以筆者對學生上語音學的基本要求是：會看音標符號：認識代表該語言語音的子音與母音符號，當符號與語音是一體，學英語語音、語文，自然一氣呵成。

本篇只說明子音、母音的概念與語音跟拼字的關係。如果老師與學生對學習對象（英語文）沒有認識與共識之前，如何教與學？以下以筆者教語音學的考古題經驗與大家分享。（子音母音影響學習英語文更進一步的重要性，在第二冊「如何數音節篇」說明。）

1.語音學考古題

每學期第一堂語音學上課，筆者總是隨堂考兩題考古題：

第一題：請寫出英語所有的母音。

第二題：請寫出英語所有的子音。

你的答案是什麼呢？（正確答案見下方）

2.得分？

讀者先寫出自己的答案，再對答案。

（1）答案是英文大寫

很多同學第一題的答案是：A, E, I, O, U

很多同學第二題的答案是：A, B, C, D, E, F, G, H, I, J, K, L, M, N, O, P, Q, R, S, T, U, V, X, Y, Z

如果你的答案如同上面，你的分數是：零。嚴格的審視同學的答案，學生給的是：所有大寫的英文字母，換句話說，同學給的是字母，當然不是代表母音與子音的語音符號。答案當

然不對。

（2）有些同學的答案是小寫

很多同學第一題的答案是：a, e, i, o, u

很多同學第二題的答案是：a, b, c, d, e, f, g, h, i, j, k, l, m,
n, o, p, q, s, t, u, v, w, x, y, z

　　如果你的答案也是小寫，只能說你勉強得了三分之二的分數，勉強給分的原因是：很多音標的符號是小寫的英文字母，如cat [kæt]，括符中的符號[k]與[t]小寫字母k與t沒有差別。就算對，讀者你知道怎麼分辨音標符號與小寫字母嗎？你知道差別嗎？都一樣嗎？

A.小寫？大寫？

　　這樣的題目簡單嗎？也許很多人都認為很簡單：只是字母大小寫的差別吧！本單元中的一篇「大寫，寫大一點？小寫，寫小一點？」說明了字母大小寫是否是一個簡單的問題呢？

B.符號與文字

　　其實是很多人太小看符號的意義，符號對語言而言就是文字，文字符號對語言是很重要的表徵，因為語言就是透過符號文字來代表要表達意思，符號文字可以長久保留，而且可以穿越時空，不像語音稍縱即逝，因此對符號的認識也就是對語文

的真正認識。

　　台灣使用KK音標，音標基本上使用的符號是小寫的英文字母（請注意看下面一節的考古題答案，符號都是小寫），還有羅馬符號。萬國音使用大寫的字母符號來標記其他語言，但在英語語音標記符號系統理，沒有使用。因此上述的答案，如果對筆者提出的考古題，你的答案全是英文大寫字母，當然完全錯誤。

3.考古題答案

　　（1）第一題：請寫出英語所有的母音[12]

　　　　答：[i, ɪ, e, ɛ, æ, a, ɔ, o, ʊ, ə, a, u, ʌ, ɝ, ɚ, aɪ, ɔɪ, au]

　　（2）第二題：請寫出英語所有的子音

　　　　答：[b, d, f, g, h, j, k, l, m, n, p, r, s, t, v, w, z, dʒ, ð, θ, ʃ, ŋ, tʃ, ʒ]

　　請讀者數一數，一共有多少母音與多少子音？同學們的第一題的答案英只有5個，其實英語的母音至少有十七個[13]。子音共二十四個。

---

[12] 母音參考《國小KK音標》，陳柏榕著。

[13] 音標系統不同，語音數目不同。本篇所列的是KK音標與萬國音標的共同基本音。

4.為什麼同學的答案是錯的？

（1）很多同學第一題的答案是：A, E, I, O, U

學生的答案不是告訴筆者這五個符號A, E, I, O, U是母音。他們答案是：這五個字母所表達的任務。這五個字母A, E, I, O, U在很多單字中，的確他們的任務是代表母音。

這五個字母代表母音的意思是：當一個單字當中，含這幾個字母，他們的發音大部分是母音。

如例子A.中的字母a發[æ]的音，例子B.中的字母i發[aɪ]的音：

A. dad [dæd]　　爸爸

B. dive [daɪv]　　潛水

請注意很多字的字尾，如果是字母E結尾，通常E不發音，如例子B, dive，最後一個字母 "e" ，不發音。所以基本上如果讀者的答案包含字母E，也是錯誤。

C.lght（×）

如果讀者拼出這個單字，自然可以自我判斷，這個字拼錯了，沒有母音：即此單字不包含A, E, I, O, U中任何一個字母。

「lght」後面的標記（×）指錯誤的單字。本書中片語、句子與單字後面有此標記表示該字詞句是錯誤的。

（2）很多同學第二題的答案是：A, B, C, D, E, F, G, H, I, J, K, L, M, N, O, P, Q, R, S, T, U, V, X, Y, Z

同學第二題的答案有26個符號，好像對。不過，英語是有26個字母，但是它的語音（母音加子音）不只26個音，因此需借用羅馬符號來表示它們的語音，請看上述第二題答案中的符號，有些符號不是英文字母小寫，如[ð, ө, ʃ, ŋ]。請注意絕對沒有這兩個符號x與q．這兩個字母的發音分別是：

x　→ [ks]　如 box　　　[baks]

q　→ [kw]　如 quickly　[`kwɪklɪ]

5.代表子音母音的符號

既然有很多人對字母與代表子音、母音的符號不是很清楚，再次說明：

（1）字母：分大寫、小寫。

（2）音標：英語的音標符號系統只有使用小寫的字母，他們與字母的差別就是放在括符裡，當這些符號放在[]裡或//裡，代表他們是音標，不是小寫字母。如：

[k]或/k/ 　　是音標代表子音

k 　　　　是代表字母小寫

6.母音、子音與拼字

　　上面4.C.提到如果讀者拼出單字，「lght」可以自我檢查錯誤在哪裡：少了母音（也就是少了A, E, I, O, U中任何一個字母）。如果知道語音與字母的對應自然也可以幫助拼字。例如，讀者想拼的是[laɪt]（輕，亮光、檯燈），哪個字母可以表達母音[aɪ]？答對了，字母I。答案是：light。

　　可見子音、母音的認識可以幫助英語文的學習，相信讀者一定不拒絕知識，多擁有英語文的知識，絕對對學英語文好處多多！

ㄅㄆㄇ還是ABC？

幾年前上課時，筆者的學生拿了一本學生的課本來上課，她提出一些問題，尋求筆者與同學們給予協助。她的國小學生用ㄅㄆㄇ將英文課本裡的所有生字注音；這讓筆者的學生很沮喪。

其他同學也附和，他們也曾碰過類似的問題。筆者的學生都想禁止她們的國小學生這麼做，可是又不想讓學童討厭學英語，因此陷於兩難！其實，自從筆者從事教學以來，這個情況比比皆是。

這些用ㄅㄆㄇ注音英語單字的小孩很聰明，他們使用他們熟悉的符號來幫助記憶。只是這種方法讓很多英語老師感觸良多，因為這些中小學英語老師想盡辦法，使出混身招數，努力從教26個字母與字音開始，用盡了所有中外大師的教學法，居然被國語的ㄅㄆㄇ打敗了。

本篇所強調的是語音概念，有了基本的語音概念可以幫助正確的學習語言。本文所表達的主旨是符號與語音間的關係，還有語音的組合基本概念。不是倡導用台灣的注音符號學習英語文。

其實學童們不知道他們只是用不同的符號記他們聽到的英語單字的語音。如果讀者你也是這樣標記，你應該高興，你的耳朵很棒，你學英語文已成功一半了！

1.用ㄅㄆㄇ注音學英語好嗎？

英語文用ABC來拼出文字發音，國語用ㄅㄆㄇ標注國語的發音，無論是拼音或注音，用符號標記語音的概念是一樣。英語老師應該高興，當學生能用ㄅㄆㄇ符號標記他們聽到的語音時，表示他們耳朵聽力好，有概念！

以語音學的術語解讀是：學生具有語言概念、拼字／拼音概念與英語語音、音素概念。這三項是學任何語言的基本概念。

（1）語言概念

人類先有口語語言，然後發明符號將口語語言記錄下來變成了文字。如果學生可以將老師教的英文單字發音，用符號標記下來，這表示學生非常有語言的語音概念。

（2）拼音概念

英語是用字母將口語語言拼出語音，如果學生可以用符號（即使用注音符號）將英語語音排列出來，表示學生具拼音概念，如果能改用英語字母，那麼拼英文單字應該沒問題了。

（3）英語語音與音素概念

當學生聽到一個單字時，可以判斷他聽到了幾個音：

如bat這個字不管是用ㄅ、ㄚ、ㄊ標記，或[b æ t]標記。

學生已經知道這個單字一共有三個音（也就是三個語音音素）。

語音的組合成字是有規則。簡單的英語單音節[14]字通常會有三個單位（音素），如首音，核心，尾音[15]，以[b æ t]為例：

首音　核心　尾音

[b　　　æ　　　t]

無論拼讀英文單字或拼寫英文單字都需要這個概念，學習者沒有這概念是無法背詠英文單字。所以無論老師或學生都該高興，有概念就有學習的空間，接下去就只有如何符號／語音轉換的問題了。

2.符號／語音轉換

承如上面的解釋，如果學生可以用ㄅㄆㄇ注音符號記單字發音，那就是學生沒有拼讀、拼字的問題！如何符號轉換

---

[14] 請看第二冊「如何數音節篇」

[15] Ladeforged, P. & Johnson, Keith. 2011. A Course in Phonetics. Canada: Wadsworth.

呢？以下再以bat為例，說明轉換拼字念讀的方法。

　　例如當聽到bat，學生用ㄅㄚㄊ註記，如下面的對照來做轉換。

　　　　ㄅ　　Ｙ　　ㄊ
　　　[b　　æ　　t]
　　　　b　　a　　t

　　英語子音[b]、[t]與國語的ㄅ、ㄊ音雷同（ㄅ與ㄊ的發音位置與英語的發音位置不是百分百相同。）所以學生只要將符號轉換。如：

　　　ㄅ→[b] 與
　　　ㄊ→[t] 就對七八成了。

　　但英語母音[æ]與Ｙ相似，但嘴巴須縮小一些，兩唇往兩邊拉，作微笑狀。先不用擔心，很多小孩的耳朵都比大人厲害，可以分辨差異。

　　反過來，如果看到英語字母，對應音素後，即可以發出語音，如看到字母B可已發出[b]（或與ㄅ雷同的音），看到字母T發[t]（或雷同ㄊ的音）。以此類推，那麼認讀單字也就沒有問題。

b　　a　　t

[ㄅ　　ㄚ　　ㄊ]

　　這樣語音概念、拼字概念與音素概念可以幫助學生記住單字發音，也能記住單字拼法，當然就可以有意義記住單字，學英語文絕對不是問題！剩下的只有符號／語音轉換問題了。

　　聰明小孩又要問了：可是B的e（一）聲不見了，變成ㄅ[bə]，T的e（一）聲也不見了，變成像ㄊ[tə]，為什麼呢？請看到第22頁，讀「這個字母怎麼念？」

語言知識

　　很多人認為學英語文就是學聽、說、讀、寫。出國旅遊或出差，必須知道如何點餐、詢價、詢問旅遊相關等事宜，這種實用性的英語文，甚至考外語能力檢定考，不外乎就是考食、衣、住、行生活英語文。

　　無可厚非，一般人對英語文的學習態度是採功用論，他們認為真的要深入或研究應該只有學者才會走的路線，一般人不用那麼專精吧？

　　例如E世代很多人都會使用電腦，但是是否對電腦的軟硬體真的了解？如同很多人都會使用文書處理如WORD，但WORD的每一項功能是否都很熟悉？對他們的過去與現在的版本差異是否了解？或許也不需要？

　　一般人與學生會基本功能：如寫中英文報告作業、寫作、作簡報、上網等。的確，只要懂基本WORD功能，就夠應付這些需求了。但很多人也會這基本能力啊！好比會說英語文的人也很多，筆者也碰過有些不是科班英語文系的英語也嚇嚇叫！讀者想學英語文，想如何與眾不同、高人一等？

很多學生包括筆者的學生，他們到英文系或英語系就讀時很困惑，他們認為學英語文不就是只學聽、說、讀、寫？英文系學生不懂為甚麼要學英國文學、美國文學、歐洲文學。英國文學還分段：上古、中古與現代文學。除了文學還有戲劇、小說與散文。美國文學還分十九世紀、二十世紀。

　　英語系學生不了解為何要學語言學；語言學還分語音學、音韻學、用學、句法學、語意學、社會語言學、心理語言學與教學理論等。當進入了這些語文學系後，有些學生十分不適應。

　　那麼說英語文學系是拿文學與語言學來嚇人的？當然不是！聽、說、讀、寫是語文基本能力，例如同一道菜的基本素材，如作出一道菜，如何讓菜的味道出來，需要其他的配料，如水、油、鹽、醬、醋、辛香料才能提味，還要刀工火侯才能展現食材的美貌與美味。

　　如果做菜只要照食譜走，依樣畫葫蘆。那麼大學為何還需設立食品營養科系與餐飲科系？也就是說如果學英文只要聽、說、讀、寫，那麼上一般美語補習班的會話班、寫作班、聽力班、閱讀班等保證班，保證上理想的大學或通過托福考試，或通過面試找到工作。大學又何須設英語文學系，台灣學生何須從小學，苦讀十幾年的英文課？

　　那麼修語言、文學課程的理由又是什麼？平常媒體上偶爾傳點笑話，說說名人或大學生的國學造詣如何如何。從這個觀點來看，無論是媒體或觀眾認為：一個成年人以大專生為準，他的國語文能力是十六年在學校受教育的累計，一般人認

為一個以中文為母語的人肚子裡應該有相當的墨水，因此才會有這種批判。以此類推一個主修英語文的人是否也該有相當的基本墨水？

在台灣，任何小孩從小學一年級到六年級，國語的基本能足夠他們閱讀新聞與理解日常生活用語，但是不見得具足夠的國學，所以上了國、高中甚至大學，還要上國文課，雖然不見得閱讀所有的四書五經，但也讀了不少古文，律詩絕句，新詩，散文，小說。所以一個大專生的國學知識應具備一定的水準。

在台灣以二十一世紀的高中生而言，至少都受了十二年的英語教育，是否就具備了相當於一個高中生國學的語文能力與知識水準能？一般學生在學校頂多一週四至六小時，如果上美語補習班也許增至每週十二小時，所學的可能只有教科書或參考書或考試範圍必學的，如果經濟狀況允許，也許與外師互動一週兩小時。

這樣的豐富的資源與努力學習，所學內容是否可以看原文一般言情、科幻、推理小說？是不是可以看CNN電視新聞或看沒有字幕的美國連續劇、偶像劇、八卦影劇？是否偶爾玩填寫紐約時報上的英文字彙遊戲？

讀者一定問：難道要我們讀英美文學、語言學嗎？如果有興趣，何妨？本單元是建立讀者基本的英語文知識與語文概念，有英語語文知識就具備語文概念，如此較容易進入英語文世界。讓學習語文的路上，了解工具，善用工具，承如這句成語：工欲善其事，必先利其器。

為什麼學生老愛問為什麼？

學生學英文很愛問：為什麼這樣？為什麼那樣？

英文老師常常回答：就是這樣阿！

相信英文老師也想問：為什麼？為什麼學生有這麼
多問題？

為什麼有這麼多為什麼？

用英文學英文嘛！

學生也想：老師沒有回答問題阿！

什麼用英文學英文？

我喜歡英文阿，真的想學，才有問題啊！

用英文學英文？我的英文夠嗎？我的字
彙夠嗎？

真的有問題啊！

　　筆者也很想知道：到底學生的問題在哪裡？

　　學生的困難是：當不知道單字與意思的關聯性，或無法理
解道理規則，只好用死背，這個策略，很容易忘記，也很容易
犯錯。英文老師說「用英文學英文」，老師的意思應該是從英

語文的角度思考，不是從中文角度聯想。以下舉例討論，到底老師、學生的問題在哪裡？

1.問題一

> 學生的問題之一是：為什麼洗碗叫「do the dishes」？這三個字沒有「洗」，也沒有「碗」，只有「作（do）與盤子（dishes）」，很難記得！
>
> 老師的答案意思是：這是慣用語[16]，這個意思「洗碗」就是用這樣的詞（do the dishes）表達！要用英文方式學習英語，不要用中文模式思考理由。

　　學生的問題的確反映了學生因無法聯想單字、詞彙與意思，畢竟「洗碗」與「作盤子」差距很大。所以學生學英文時，常喜歡將中文直譯，將「洗碗」翻譯成wash bowls。如果讀者樣做，表示讀者還是很有語文想法，至少「洗」與「碗」的英文單字都對了，不過，這個想法是中文還是英文？

---

[16] 慣用語（idiom）：a phrase which means something different from the separate words from which it is formed.（朗文當代高級辭典）有些字彙習慣放在一起，這個詞的意思與每個字字面的意思不一定相同（更多例子請看第二冊搭配詞章篇。）

這個例子只是說明了學生學英語的策略是：常常想用一般邏輯當作聯想，希望用有意義的單字「洗＋碗」（wash + bowls）組合成有意義的詞句「洗碗」（wash bowls），這個策略是合法合理。不過讀者不仿也用中文邏輯想一想這個詞：

　　　　中文詞句用「洗碗」，是否只洗「碗」？

　　這個中文詞「洗碗」的意思是指：洗滌用餐的器皿。洗碗只是表達這個動作的表徵。實際上，洗碗是指用餐後，須洗滌的所有器皿，包括鍋、碗、瓢盆、筷子、湯匙等。當然，吃飯最重要的的器皿是用碗，所以用「碗」代表所有的器皿。
　　再舉另一詞句作例子：

　　　　接近吃飯時間，一定有人問：吃飯沒？

　　這個問句裡的「飯」，不一定指白米飯。所以當有人問：吃飯沒？是真的問聽話人：吃白米飯了嗎？實際上，吃飯可以說指進食。至於吃什麼，可以因人而異。華人以「飯」表示食物，所以以「吃飯」當作進食的表徵。
　　這樣以某一詞，表達某一動作的通盤的方法，這個詞的文字組合表面上，不一定是這個詞表達的意思，叫做「慣用法」，在很多語言裡都有這種表達方式。

2.問題一答案

　　為什麼用盤子（dishes），不用碗（bowls）？西方人吃飯都用什麼器皿來乘進食的食物呢？正式的西餐飲食尤其晚餐，都是用盤子，即使喝湯也是用較有深度的大盤子。所以，當表達洗滌吃飯的器皿，也跟中文一樣，以「盤」作全盤的表示。

　　實際上，跟中文一樣，「洗盤子」當然包括：洗滌刀、叉、杯盤等西餐的器皿。從這個邏輯可以推理，中文中表達的洗碗的詞，在英文相對的是「洗盤子」。

3.問題二

　　　學生也許又要問：為甚麼？

　　　為什麼用DO the dishes呢？

　　　為甚麼是「做」盤子？

　　　不用「洗」盤子？

4.問題二答案

　　以上的問題學生自己也會找答案，例如問美國人或外師，如果用 "wash dishes" 是否可以？筆者當然諮詢過在台美籍

教授，他們說：這樣用法，當然聽得懂，不過，我們（美國人）不會這麼講。

教授的意思很明顯：「講得通」與「道地的英語文」不一樣！

"do the dishes" 的DO不是指「作」，DO在英文裡指是一個表示動作的詞。中文裡也有同樣的用法，例如中文裡說：

打電腦、打電話、打飯、打工。這幾個詞裡的「打」，不是指「敲打」的意思。如：

> 打電話，不是「敲打」電話機，而是表達做一個使用電話機的動作；
> 打飯，不是「敲打」米飯；而是將米飯盛放到碗裡，或是取用食物；
> 打電腦，不是「敲打」電腦主機，而是使用或是敲打鍵盤。

所以DO在英文裡也是如此使用，do the dishes也就是指「做」洗盤子的動作。

學生喜歡直譯的理由當然是由中文的角度思考、記憶，筆者也強調學習語言時，有意義的學習，可以事半功倍。只是有時候英文老師在課堂上，有進度考量，而且無法面面俱到。

讀者也許想可以通就好了，聽得懂就夠了。當然用外文溝通時，能夠表達意思是重點。不過這種方式就是「外國人說英

語」。如果想說到地的英語，還是得學習該語文的標準用法
（慣用語）了！

雙母音是幾個音？

筆者也常常被學生問一些筆者覺得摸不著頭緒的問題，不知道究竟問題出在哪裡？筆者起初自我反省，是否對某議題解釋不夠清楚？是否舉例時沒聯繫上主題？沒有點到重點，所以學生才會有莫名的問題？

深入探討下，再從學生問的問題中，發現有時候，學生的問題是出現在文字或名稱上的問題，不一定是對學科內容理解上出問題。

下面的問題是學生問筆者的問題之一，請看真實的對話：

學生問：老師，雙母音是幾個音？

答：雙母音[17]是從一個母音滑到另一個母音。

學生：那是兩個音?!

答：不是這麼說的。

學生：那是一個音?!

---

[17] 雙母音的定義為：在一音節裡從一個母音滑到另一個母音（movement from one vowel to another vowel within a single syllabus (Ladefoged,P. 2006. p.306)

答：理論上應該是一個音。

學生：那為甚麼叫雙母音？

　　上面的對話裡的學生很認真，也很理直氣壯。如很多學生學英語文真的很努力，花很多時間讀書，看參考書，背單字，學文法，希望能夠望文生義，可是有些人怎麼花的時間與成效老是不對等；心中還有一堆問題，請教老師、專家、他人也不見得找到想要的答案。

1.雙母音的定義與解釋

　　從「雙母音」文字面解讀，當然讓學生顧名思義想成「兩個」。基本上由文字上來解讀也不算百分百的錯，以語音學的定義來說：雙母音是從一個母音滑到另一個母音，例如[aɪ]是由[a]滑到[ɪ]，如果用算術算，[a]加[ɪ]就是一加一等於二：好像很合理，何況代表這個雙母的符號也是兩個，一個是[a]，另一個是[ɪ]。但是這個母音[aɪ]不能先唸成[a]然後再念[ɪ]，如果照這樣唸讀好像：

　　　「阿」、「一」

　　可是這個音不是這樣的念。任何一個人都知道字母I是怎麼念，如果要用音標標示，就是[aɪ]。所以絕對不是念先唸[a]

然後再念[ɪ]當然不是念成「阿」，然後念「一」，這樣念法真的是兩個音。

這個母音[aɪ]是要唸成類似中文的「哀」，那麼「哀」又是幾個音？所以是這個翻譯名詞：「雙」母音的表面文字「雙」字造成理解上的困擾。

這個案例看起來好像是翻譯的錯誤。其實不能怪翻譯的錯，因為翻譯任何詞文都有來龍去脈。尤其翻譯不是只有把文字意思譯出來，還考量學習者的理解與學習狀況與中文的文法與語法。

如上述的例字：「雙」讓人聯想過多。常常學生學習外語時，只能透過文字表層來幫助理解，希望可以望文生義，可是文字又無法完全表達深層內容，讓人誤解也罷，阻擾學習更不在話下。

2.雙母音是哪些？

無論哪一套系統，都包含以下這三個雙母音：

[aɪ], [aʊ], [ɔɪ]

單字為例：

（1）nice [naɪs]　　很好

（2）out [aʊt]　　出去

（3）boy [bɔɪ]　　男孩

3.表層文字造成學習困擾？

以下舉另一例說明單字與文法造成的困擾。某次社會語言學期中考，考題是一個表格，學生需要依表格上的數據，解釋來自兩個都市（New York與Reading）的語音現象。

考試巡視時，看學生答題結果，令人十分失望。上課時對這個表格還特別解說了30分鐘，原以為是筆者解釋的不好，所以學生沒有抓到重點，非常自責，收了考卷，剛要離開教室，有位學生問了個問題：

學生問：老師，reading是甚麼意思？

學生的問題，終於解開筆者的疑問。原來，這考題上的表格是顯示語音統計比率，資料收集來源是美國紐約市與英國一個名為Reading的都市。學生不是對表格上的數據不懂或對語音現象有問題，而是她們把Reading解讀為動詞read + ing，所以在考題的文字上問題卡住，無法跨越這個障礙。

可見文字表層的影響理解力佔很大的比率，這也是很多英語學習者的問題。他們認為，只要文字看懂，就應該懂了。可是承如上面的例子，文字反而是造成困擾的來源，所以很多人的英語程度不管是初階或進階，怎麼老是覺得在原地踏步？或有些程度還不錯的人，很有自信的人或很上進的人，怎

麼會卡住？

　　如果學習語言只看語文表層，只將語文字義與文法層面學習好了，是否就夠了？語言牽涉的議題分很多層面，就像吃西點蛋糕，很多人也許有經驗，一個不起眼的蛋糕表面也許是白色的奶油或糖霜，切開來裡面卻是巧克力內心，還有夾多層次的水果，令人驚艷！讀者也許看過外層放多種的水果蛋糕，很開心，吃了上層水果與奶油後，切開蛋糕本身時，因內層蛋糕與外層的裝飾落差大，失望心情難以形容。

　　所以，學語言需分多層次，不能單靠某一層次決定終極與否，須慢慢分層分階學習，才能裡外合一，漸入佳境。

我不老！

在一次系所會議中，筆者碰到歡迎新進教師聚餐的議題，系上所有本國籍及美國籍老師們熱烈討論如何進行這次餐會，這時筆者提議："...Old teachers could do this and new teachers do that...."話一說完，一位資深39歲美國老師馬上板起臉來，正經八百的說："I'm not old! I'm not old!"當場大家哈哈大笑。

筆者的意思是說：舊老師們可以如此如此，新來的老師們如何如何。但是這位美國老師誤認為筆者的意思是：「老老師如此如此…，」不是「舊老師如此如此…」，他當然抗議說：「我不老！我不老！」

當時筆者用非正式的說法，所用以用old（舊）與new（新）。其實比較正式的用法是：

Senior faculty do this and junior faculty do that.

資深教師這樣，資淺教師那樣。

這樣簡單的一個字如果不是對字義有相當的理解，可能產

生很大的誤解。以當時的情境，全部與會人士都是英語文教授，當然理解這是一個雙關語，大家都一笑置之。

以上說了兩個詞：

1.舊old。

2.資深senior。

這兩個字屬多義字，以下分別說明並解釋多義字與學習的關係。

1.old舊／老

所有學過英語的學生都學過這句話：

How old are you?你幾歲？

照字面解釋應該是「你多老？」通常解釋是：

「你多大？」一般都指

「你幾歲？」。

這句話中old字面的意思是指「老」，其實是指「多大」、「幾歲」，這個字old還有其他的意思：「舊」，這個意思與「老」較有關係，與「多大」、「幾歲」似乎關係較薄弱。這樣簡單的字也可以造成誤會。

讀者可以算算old有幾個意思？一個單字具三個或三個以上的意思即多義字。很多語言具有這個特色：一個字詞含一種以上的意思，彼此的意思可以有關連，也可能無關連。如果學習者沒有相當的概念可能產生誤會，或者浪費很多時間學習一個簡單的字詞。以下再舉例解說：

2.senior與 junior也是多義詞

這兩個詞有三個意思：

（1）在上述例句中是指「資歷」

資深教授senior faculty

資淺教授junior faculty

（2）大學生

senior指四年級學生

junior指三年級學生

（3）第三個意思是與第一個意思雷同，但在不同情境裡，還是具差異性，如歐美人士父親與兒子的名字相同，為了區分，父親名字後面加senior，兒子的名字後面加junior，如下面例子很多翻譯是翻成：

John Smith, senior　　約翰史密斯一世

John Smith, junior　　約翰史密斯二世

如果用白話文表達應該是：

John Smith, senior　　老約翰史密斯（爸爸）

John Smith, junior　　小約翰史密斯（兒子）

　　多義字容易造成學習上的問題：如果一個字三個意思分成三次學，或已知的單字還從新學。這樣的學習方式的確事倍功半。不過，還是有學生真的走了冤忘路！例如以上面的單字 "junior" 與 "senior"，例句（3），多年筆者就被學生問過：

　　　「一世」是甚麼意思？
　　　「一世」英文是哪個字？

3.多義字與學習英語文

　　以上學生提問的問題與前兩篇所提到的表層文字的問題，表層的文字表達造成學生學上的疑問，可能與學習教材相關。例如教科書以課文的情境，字彙表通常一個英文字只給一個意思；但是這樣的方式容易造成一對一的概念，學生認為一

個英文單字只對一個中文意思；這樣的想法也沒有錯，尤其考單字時，讓學生也較有依據，找到標準答案。

　　這種方式常常讓學生忽視多義字的存在或對多義字誤會。筆者聽過英文老師解釋一對一的對應方式：對於入階的學習者，多義字恐會造成困擾，一對一的方式讓學習者具安全感。

　　承如筆者前篇所說的學習英語文分很多層次，讀者須有這正確的觀念，不能具以一概全的罐念，以至於限縮學習空間。

　　例如本篇開始的例子，中文的詞意翻譯成英文或英文翻譯成中文，有些詞不一定是一個詞絕對只對應一個詞，有時候中文一個意思的表達在英文裡，可能有很多詞可以表達相同或相似的意思。同樣地，英文裡一個意思表達，中文可能有很多個詞表達同樣或相似的意思。

　　多義字當然須看上下文，由上下文才能找到適合的義意。因此學習多義字時絕對不能只記單字，須整句納入學習，才能抓到文義。還有閱讀時一定須將上下文整體納入解讀，而不是指單句單句解讀句意。多閱讀可以吸取更廣泛的語文知識，因為語文知識讓學習英語文事半功倍！

用這個字，不可以嗎？

前一篇提到學生老愛問為甚麼？以下是筆者教寫作課時，學生愛問的問題：

學生最愛問：為甚麼不可以用這個字？

這樣用，文法沒錯阿！

為甚麼不可以用那個字？

用這個字，不合文法嗎？

如果筆者回答：

字典上是這樣用的，或

英語單字的慣用方式不是這樣。

有禮貌的學生會很可愛的問：

那我要這樣說（用這個字）可不可以？

1.問題癥結

　　無論哪個語文都有慣用法，無法用常識或一般邏輯來解釋，通常學生會這樣說，或想這樣、那樣表達，癥結是：

　　（1）沒有學過想要表達意思的英文辭彙，或
　　（2）找不到想表達的詞彙，或
　　（3）資訊錯誤。

　　聰明的學生用電腦上網或使用翻譯機找答案，這也是方法之一，不過，提醒讀者，還是要查證用法，例如找例句，看例句中的用法是想表達的意思，是否相同，這樣才能確定用法正確。

　　一般學生只好用他們想得到得詞彙來表達，當然不外乎用直譯法。大部分的學生只要告訴正確的用法都沒問題，但是有些好學的學生就要求解釋道理。以下舉例說明（下面例子後標記（×）為錯誤範例）。

2.濃茶

　　例如有一次上作文課，作文題目是：How to Make a Cup of Tea.這是一篇說明文，筆者要求學生練習寫說明文，表答

與說明怎麼泡杯紅茶或老人茶。收到的作業不乏學生用這個詞：thick tea（×）濃茶與light tea（×）淡茶。

很明顯的，學生是用中文翻譯過來的。他們想表達濃茶（thick tea ×）與淡茶（light tea ×）。學生也很好學，發完作業後，學生反問為甚麼不能用thick或light？

英文是用strong tea（濃茶）與weak tea（淡茶）表達茶的濃淡度。英語文的語文邏輯是指茶的濃、淡強度，所以越濃的茶越強。英文字表達「強」即strong，很濃很強的查就是strong tea。

相反的很淡，很薄的查就是用strong的相反詞：weak（弱），所以越淡的茶，它的強度當然弱。因此很淡的茶就是weak tea。（與茶相關題目請看「紅茶還是黑茶？」篇）

3.淡啤酒

筆者的學生還是很厲害，她們找到了反證。還是很可愛的說：

> 老師：電視的廣告說，有一些淡一點啤酒就叫 "light beer"。
> 不叫做 "weak" 啊？

這個說法與食物的豐盛或簡單有關。好比說有些食物比較

豐盛（too rich），比較讓身體有負擔、沉重（too heavy）；尤其甜食太甜時，你需忌口，須節食（on a diet），如果對身體負擔輕。當然用light；所以現在很多人都講究輕食。

例如有人請你吃蛋糕或起司蛋糕，你想拒絕，因為太甜或太豐盛，你可以說：

It's too rich.　　（蛋糕奶油很多，對你的身體需要是過多了！）

It's too heavy.　　（起司蛋糕含熱量高，能讓你的身體負擔大，你可以說這一句。）

I'm on a diet.　　（我在節食。）

很多歐式食品尤其甜點是含高度的奶油，糖分，起司，熱量太高，讓身體負擔太沉重了。所以用的形容詞是heavy and light。這也是英文的相反詞邏輯，從食物讓人的身體負荷輕重，來著手思考，就能進入英語的世界。與食物有關的議題很多，以下幾例經驗與讀者分享。

4.太熱了？

食物還分熱食與涼食，本文是指溫度（不是中醫說的躁性或冷性食物），溫度的表達當然又因語言不同，解讀時難免造成困擾。

某日友人請老外吃涼麵，老外吃了一兩口以後，很禮貌地說很好吃，可是卻不再吃！朋友很親切，不斷招呼。

老外最後說了實話："It is too hot!"。

友人不很了解，明明是涼麵，怎麼會熱呢？有些商家將涼麵加入較多的辛香料，不能吃辣的老外當然婉拒了！辣，熱都是同樣的字：hot。這樣的狀況，如果英語的單字理解不夠，還真是令人很尷尬。

學語文情境（context）很重要，在不同樣的情境，用法不同！如果依定用文字區分，如指辛香辣味spicy hot如果是指紅辣椒（red hot pepper），也可以；不過，在不通的地區即使是以英語為共同語言也不一定同意。

5.請給我一杯熱開水

英語文再也不是國際語言（international language）而是全球語言（global language/English）。即使如此，還是需注意分區域性的使用方法。如多年前，一位友人到星馬地區出差，在旅館的餐廳吃完飯，當付帳時，隨口說了：

問侍者：May I have a cup of hot water? 請給我一杯熱水
侍者答：Yes.

侍者很禮貌回應，但不了解，都吃完飯了，要hot water做什麼？又問：

侍者問：What for?
顧客答：To make a cup of tea.（用熱開水）泡茶。

客人拿了帳單等很久還是沒等到他要的hot water，他很不悅的走了，侍者更覺得這客人是來找麻煩，哪有人用「辣椒醬」來泡茶？

以上例子是星馬地區的用法問題，當地的hot water是指辣椒醬，如台灣很多麵食餐廳桌上會有的紅辣椒醬。他們這個字的用法不同於英美地區，但也提醒學英語文的讀者，很多地區雖然都以英語文為通用語言，但意思不一定是百分百的相同！

語文邏輯不可以用自己的母語邏輯去推理，或者是自己的想法去推理、解讀，最好是以目標語言的邏輯與從使用該語言的民情風俗解讀，才不會給自己設下阻礙與尷尬場面。讀者一定有可愛的想法：我怎知道目標語的邏輯與解讀方式呢？最好的方法還是多閱讀，從文本與情境學習；多涉略，廣泛探究與目標語相關民情風俗，解讀語言自然不會以管窺天。

她是女孩還是女人？

讀者是不是這樣記單字？用單字表或字卡背單字？
例如：

boy（男孩）
girl（女孩）
breakfast（早餐）
lunch（午餐）

學習字彙一直都是學習外語第一要件，而學習字彙最快的
方法是透過翻譯，讀者覺得這樣的學習方法是否感覺較踏實，
因為可以馬上抓到字彙的意思，讀者是否用此方法記單字？

下面這兩個英文句子的中文意思是什麼呢？

1.Boy, what's your name?
2.She is not a girl.

如果你知道的話，請看下面的例子，是否與你的想法一樣？

1.Boy, what's your name?

這句話取自某電影，此電影場景發生在六〇年代美國南方某都市，一位非裔中年男子因需轉乘火車，但車班已過，只能坐在火車站等下一班。

夜已深，此男子被當地警長看到，警長誤以為此男子是歹徒，將他載到警局詢問，第一件事就是問姓名。

警長：Boy, what's your name?

這句話可以解釋為：

小男孩，你的名字是什麼？

如果是大人對小孩，或小孩對小孩，叫對方「小男孩」，當然合文義。對中年人稱呼「小男孩」，以現在二十一世紀的社會，合理嗎？當然不是禮貌的方式。這裡的單字帶歷史的背景意思。

六〇年代，美國社會中的非裔男女社經地位通常低於白人，尤其南方，大多數的非裔男女的工作是到白人家中作僕役。所以不管年齡，白人一律以boy稱呼非裔男性。所以，此問句中的boy絕對不是指年少的男性。而是帶鄙視的語氣，以

當下的情境，這句話應該是：小子，你叫啥名？

2.She is not a girl.

再舉例：單字girl與woman為例。在電視影集出現以下對白。

A：Take the girl back. 讓女孩回去（回到原來的部落）。

B：No. She's not a girl. She's a woman. 不，他不是女孩了，他是女人。

劇中提到的一位未成年阿米恤（Amish）[18]的女孩犯了女性未出閣的戒律，因此被家族驅逐出境，女孩只好到舅舅家。舅舅（A）也是因犯戒律被驅逐出成員之一，他返回家園跟女孩父親（B）說情，但是她的父親拒絕。

這兩句對白似乎玩文字遊戲，其實是雙方對所提到得一位女性的行為認知不同。這個認知牽涉到girl單字的涵義。如果查字典，以下兩個字的意涵：

girl指女孩或未婚女子，（已婚適用）。

---

18 阿米恤是美國賓州一帶一群自給自足的人，她們的特色就是不用現代任何產品如電器產品、汽車等，她們嚴守生活戒律與基督教義，任何人違反戒律一律驅逐出境。哈里遜福德（1980）主演的電影「證人」即是描述阿米恤的家園生活

women是成年的女性、女人、婦女[19]。

　　以上的定義說明：兩字的差別是年齡與婚姻，字典上沒說明兩字差異，是否包括經歷周公之禮。

3.girl與woman的差別

　　從以上的兩句對白雖然說明了兩字girl與woman的差別，實際上，兩個字最大的差別是與性經驗有關。所以舅舅依然以年齡角度稱呼他的外甥女為girl，但父親以道德與家族戒律角度稱呼自己的女兒為woman。簡單兩字的差別不是只有字義的差別：女孩與女人的差別，這簡單的對白，說名了兩個字的差別：包含一個社會價值觀對於女性的看法。

　　字典上也沒說明既然girl[20]是指為未成年女性，為何girl已婚、未婚均適用？。如多年前一齣美電視連續劇取名為Golden girls劇中四位同住的女主角，有的喪偶，有的失婚，有的兒女成群，但獨立生活，四人都是年過半百，其中一人已八十歲。這四位女性個個活潑有趣，還有超人智慧，誠如成語「人生七十才開始」，所以劇名取名為Golden girls（黃金女郎）。以年齡算在台灣這些女主角都可以稱阿媽或銀髮族。稱

---

[19] 文馨簡明字典

[20] girl: a young female person; (informal) a woman. (Longman Dictionary of English Language and Culture. 年輕女子；女人（非正式）

呼她們為golden girls，可以是一種美國人對於女性的讚美，不管身分證上的年齡，任何女性還有赤子之心，聰慧睿智，行動伶俐都是girl。

學習這些單字boy、girl並不難，只是英文字彙、詞彙在英美文化裡可能還有其他的意涵，有些字含正面的意思，有些字含負面的意思；甚至有時候還夾帶社會或歷史意義，唯有母語者較能意識到這層面的意涵。很明顯的，電影對中年男子稱呼與字典裡boy（男孩）的意思與影集中對女性稱呼為girl（女孩）的使用範圍，相去甚遠，這也表示美國人對於這兩個單字的實際上的應用。

而這兩個用法出現在不同的素材中，因此學習語言即使是簡單的字彙，它還有社會價值觀的涵義，這些意函通常一般字典是不會註解，只有透過不同的素材才能獲知與理解。

為什麼需要查字典？

很多學習英語或外語學生認為查字典是苦差事，是耗時費工的工作。以前沒有電子字典，查紙本字典當然需要一點時間，令人懊惱的是拼字問題，一個單字要一頁一頁翻，一個字一個字找，一個字母一個字母對，翻很久才找到，到底是怎麼回事？

讀者一定想：現在有了3C產品，用手機查，只要輸入單字，簡易版的答案馬上出現。真的完全沒有問題了嗎？

問題還是存在：還是要一個字母一個字母輸入對，還要一個一個對，才可確定字母輸入是否正確，短一點的還好，長一點的單字，錯一個字母，少一個字母完全找不到。要不然要對半天，為什麼這要費事？沒有更省時的方法嗎？

1.為什麼要查字典？

老問題：查字典有什麼用？

筆者的答案：查字典的好處多多！

（1）好處在哪裡？

　　查字典、拼字與學習如三角習題，息息相關：如果讀者自己拼讀，尋找到答案，除了知道單字意思外，拼讀尋找過程還能幫助記憶，也就是說查字典可以獲得三個好處：

　　A.複習拼字。

　　B.記憶拼字。

　　C.獲知字義。

　　這樣的行為應該說是一舉三得。讀者是否有此經驗：用小字卡背單字，總是會漏掉幾個？還有，總有幾個老是拼錯？

（2）經驗分享

　　每次上課，如果碰到生字尤其關鍵字，通常筆者要學生當場查。有一次，學生查單字時，學生回答：「沒有這個字。」筆者原想有些術語可能一般字典找不到；尤其學生愛用手機查單字。筆者仔細一看，原來學生拼錯字。學生將Diphthong（雙母音）的第三、四個字母-ph漏掉了，當然找不到這個單字。筆者要學生跟筆者念一次這個單字，然後再拼單字一次。

　　　　學生先自言自語說：念成[ˋdɪfƟƆŋ]？然後，恍然大悟，
　　　　大聲的說：對阿！-ph-念[f]嘛！

事後該生也告訴筆者，他永遠都會記得這個字的拼法與字義。

查字典是學習的基本功，例如大家都學過心算，也會使用計算機，哪一個方式比較讓人動動腦？而且不會頭腦生鏽。查字典就像心算數字，越用越靈活，想開口說英語，不會書到用時方恨少，而且查字典幫助記憶單字、複習與拼字！

2.誰來查字典？

查字典的議題，不是只有學習者的問題，家長、教師都會參與。當他們有不同的想法時，對學習者多少有些影響。例如筆者的學生與筆者討論教學的問題，通常教學方法與英語文內容的問題不多，倒是周邊問題較多。

例如筆者學生曾與筆者討論一個問題：家長要求筆者的學生（當家教）查所有一些語言測試考題上單字的意思。筆者的學生不是想拒絕，而雙方的認知不同，溝通不順暢。

筆者學生的考量是：

這樣對學生有益嗎？

是考驗家教老師？還是代學生做功課？

家長認為：

這是家教老師的工作！

3.學習模式與查字典

查字典的確需要時間，不過，不要輕忽查單字的意義，它是學習行為的一環。

（1）主動式學習

動手查字典是主動式學習行為：查字典的行為是查單字時，需拼出單字，不管是紙本或3C產品查詢，查者須將單字一個個字母排列走一次。這樣的動作在學習得理論上叫做「動手學習」，當學習者透過親身體驗，如同手腦並用，學習效果比被動式的學習好。

（2）被動式學習

這種方式就是學生沒有直接參與，而是以參觀者的方式學習，例如學生只是單方面被老師告知資訊：單字的意思，例如上述例子，家教老師查好了單字意思，學生只要接手背咏單字與意思，這樣的學習成效比學生主動體驗資訊的成效低。

相信讀者一定體驗過商業活動或資訊活動，有些活動是要動動手，親手做（主動式），例如做肥皂、陶土；有的只有透過導覽告知（被動式）看短片；效果如何？冷暖自知。

有些人拒絕使用紙本字典，因為太浪費時間。其實是不會使用呢？還是方法錯誤？有些年紀較小的學生似乎沒有注意到

排序的問題，因此不會使用紙本字典？字典的排字方法是依字母的排序編排：所有單字的字母前後秩序[21]，都是依字母A到Z的排序順序來牌先後。如果讀者還是不懂，請看下面例子。

4.查字典，為什麼總是要花時間？

讀者試想問自己，如何查單字？方法對不對？以下看看請看看筆者的建議與想法。

筆者認為如果想紮實的學語言。筆者強烈建議用紙本字典（詳解在下一篇「查字典有沒有眉角？」）。簡單說：花多少時間，就能累積多少功力。這個說法應該很多學生都背過這個成語：No pain, no gain.如果有時間限制，另當別論。以下先以查紙本為例。

例如查以下三個字：cat、coat、cute，他們三個字都以字母c開頭，那他們在哪一區？他們應該在那幾頁以c開頭的單字區裡。以下舉查這幾個字的情況。

（1）查cat

如果翻到了caught第二個字母也是a，那要往前翻找cat還是往後翻？那麼看第三個字母，caught的字母u在字母t後面，那caught在cat後面，因此往前翻。

```
前          後
Cat       caught        t → u
```

每個字的每一個字母就是編排的先後秩序。

（2）查coat

如果翻到了caught要往前找，還是往後找？

coat在caught後面，因第二個字母o在a後面。

```
前          後
Caught    coat        a → o
```

（3）查cute

如果翻到了coat，往前找？還是往後找？

cute在coat後面，因為第二個字母u在o後面。再依此類推。

```
前          後
Coat      cut         o → u
```

讀者也許認為現在都是用手機或電腦查字典，很少人用紙本查，其實，用紙本查，有查紙本的好處，好處多多，請繼續看下一篇。

查字典有沒有眉角？

筆者剛開始教書時，常被學生問：學英文有沒捷徑？

讀者一定想：自己學英文都很認真！背單字很認真，查單字也很認真！只是時間不多，能不能省時？找個簡易快速方法？

如果讀者有這個問題，表示需要注意以下兩個議題，如果沒有這兩個問題，當然就拼字背單字就不須找捷徑。1.拼字規則。2.詞彙量。

1.拼字規則

英文單字裡的字母排列組合是有相當的規則，如果熟悉這些組合可以幫助拼字；也可以自我檢查與判斷拼字的對錯，當然可以省去很多時間。如果不知道這些排列組合，真的就是一個字母一個字母拼、背，也是一個字母一個字母查！當然費時費工！

（1）排列組合

英文是拼音語文，這種語文都具備某種組合規則。以字首的排列組合為例，以下舉幾個組合與單字：

br-　　brown（棕色），Bruce（布魯士，人名）

bl-　　blue（藍色），blow（吹）

sl-　　slow（慢），slide（片）

st-　　steel（鋼鐵），steal（偷）

sp-　　speed（速度），spit（吐）

str-　　street（街），strip（條紋）

spr-　　spring（春天），sponge（海綿）

沒有sb-, sd-, sf-, sg-, sj-, ss-, sv-, sx-, sz- 開頭的組合。

所以在鍵盤上輸入單字時，也可以自我判斷與檢查，當然就可以事半功倍，不用查字典時還要一次看一個字母，一次輸入一個字母。

（2）檢查排列組合

背單字的時候，也可以自我檢查，是否拼對了？如果很熟悉英文字的排列組合，自我檢查的效果當然更好，而且還可以避免錯誤。以下舉例說明。

A.沒有組合的例子一

「字母大寫寫大一點？」篇中提到台北市的文宣TAIPEI GLORY，當時台北市的活動因這個文宣被拼成TAIPEI GIORY，（GLORY字中大寫L與大寫I的錯誤），引起軒然大波。造成拼字上的錯誤，基本上可以將錯誤歸罪於字型與字體大小。因為大寫的I與小寫的L有時候會因字型而弄錯，（如這個字GIORY（×）第二的字母很像L的小寫）或手寫的認定，造成誤會。事實上，錯誤可避免，如果對拼字的排列規則很熟習，錯誤自然不會發生。

如果讀者有空查看看紙本字典上有沒有自首以gio-開頭的字？答案是沒有，只有gl-開頭的組合如glory，或geo-如George；如果送印時，檢查的人沒有這樣拼字排列組合的認知，出錯的機率很高！

以上所說的排列組合，只有翻紙本的字典查得到，看得到。因為紙本字典，攤開來看，單字前後字的字都可以進入視線。3C產品通常無法看到。因為他們都是一個單字，一個答案（輸入一個單字，然後跳出目標答案）。這就是使用不同工具，得到不同結果。

B.沒有組合的例子二

這也筆者學生看到活動標語的錯誤：12 yesrs（×）。正確的寫法是12 years。很明顯的英文裡：

只有yest-的組合，如yesterday，或

只有yes的組合，如yes or no。

但沒有yesrs-這樣的排列組合。如果讀者有空也可以翻翻紙本字典，證實一下。

2.詞彙量

基於篇幅的關係，沒有把所有的拼字的組合列出，其實讀者如果認識的單字夠多，自然也可以自己歸納出一些原則。

讀者也許認為字彙量不夠多，或字彙深度不夠，就無法找出規則嗎？

當然字彙量的多寡與深淺度會影響歸納的準確性。以上只列出字母對應子音的排列，以下以小學的字彙，以字母對應母音的排列組合，舉例說明。

-oa- boat（船），coat（外套）

-ea- head（頭），bear（熊）

通常字母的排列組合都有一定的規則，如果讀者留意，兩個字母放在一起的組合，這兩組是不是常出現？

不管讀者的字彙量如何，不妨由字彙裡尋找規則，是否有一定的拼字規則？如上面舉的單字都是中小學生的字彙，幾乎

都可以歸納出相當的規則。當然字彙越多，可以歸納的法條越精準，好比一個廣告詞，活越久，領越多：認識英語單字越多，領悟與應用當然越多，越廣，越準！

為什麼這麼多「同義」字？

　　很多學生都感嘆為甚麼學英文這麼複雜？老師要我們背反義字、同義字、還有多義字；除了詞類（名詞、動詞、形容詞等）不一樣，而且不同句型，用法又不一樣。難怪，學生對背字彙總覺得比吃藥還苦！

　　如果讀者認為背同義字實在很難，不如反果來思考，用中文的角度看，中文裡的單字，有沒有類似這樣的字？或者一個意思有好多個字來表達？例如中文表達「看」的字有幾個？

　　看、見、視、瞧。

　　為什麼「看」到東西的「看」是四聲，但「看管」東西時的「看」是一聲？他們的意思有點相同，又不全然。何況這四個字，台灣學生每天都會使用。讀者知道它們的差別嗎？怎麼使用？如果中文都有這麼多字表達同樣的意思，那英文或其他語言都有異曲同工的地方！

　　同義字彙造成寫作上得很多問題如大專聯考作文常常學生會犯的錯誤，通常都是直譯。例如，很多台灣學生都知道這句英文文句子：I give you color see see.（我給你顏色瞧瞧！）很多台灣學生都是愛直譯法，有些時候很可愛，有時也說的

通。不過面對大專學測或指考時或語言檢定考時，不適合使用這種俏皮的直譯法。

1.直譯法的句子

最常看到的是學生直譯句子，例如下面的第一例或者只能算對一半的翻譯如以下第二例句：

（1）I see book.（×）

我看書

（2）I read books.（×）

我讀書

第一例如果不管單複數的問題外，中文意思與英文意思完全不同。第二例表示作者知道「看」、「讀」的差別，但對單字的認識，只有表層字義，沒有使用的認知。雖然句子合文法：主詞＋動詞＋受詞，沒有單數、複數的問題，但造句或作文時，文法不是唯一的要件，文法對否只能算對一半；使用正確的單字才算對了另一半。

2.同義字

以下舉四個英文同義單字（see, look, read, watch）來解

說，這四個英文單字都是屬動詞，意思都是「看」，但是用法不同，詞義範圍也不同。

（1）同義字的用法

A.如see，	I saw it.	我看到它了。
B.如look，	Look at me.	看我！（請注意）
C.如read，	I read chapter 3.	（這本書）我看了第三章。
D.如watch，	I watch TV.	我看電視（以娛樂性質收看電視節目）。

（2）詞義範圍

不管中文還是英文選取哪個詞意，必須參照上下文；動詞後面接的受詞都受該動詞的限定。

所以前一頁的「1.直譯法的句子」中例句（1）的see books，是指「看到」一些書，不是中文所說的「看書」或「用功讀書」的意思。請看下面例句：

問：What did you see?

答：I saw a book on the desk. （剛才／昨天）我看到桌子上放一本書。

I saw a TV. 我看到了一個電視機。

台灣一般人說的「看書」可以是指用功看書或看閒書，這兩個意思使用的動詞就不同。以下再舉例說明。

（3）同樣的問句，幾種回答？

當被問到：「昨晚作什麼？」

可以用幾種方式回答？

A.如果想表達「用功看書」」，需用動詞study/studied（過去式），動詞後面不用加書（books），因這個單字study已涵蓋了讀書的意思。例如：

問：What did you do last night?　你昨晚做甚麼？

答：I studied.　我看書（用功）。

B.想表達看閒書，需用read，動詞後面也不用加書（books），一樣的這個動詞read已涵蓋了閱讀書本的意思，除非想強調是哪種類別的書，或是哪本書。例如：

問：What did you do last night？　你昨晚做甚麼？

答：I read.　看閒書／閱讀。

　　I read a novel.　我看小說。

C.如果想表達看電視節目作消遣的意思，用watched TV，

如果說明看哪個解目，動詞後面加節目名稱。例如：

問：What did you do last night?	你昨晚做甚麼？
答：I watched TV.	我看電視（收看電視節目娛樂）。
I watched "Friends."	我看六人行（電視節目）。

如「看」電視節目，英文只能用watch，如果用see/saw（過去式）的意思就不是看電視節目，而是看到電視機，如I saw a TV set in the bedroom.（我在臥室裡看到一台電視機。）另外watch的使用方法是：watch my books是指「看管」書本。如你想離開一下，請人看住你的書，別讓人拿走。例如：

| Would you watch my books? | 我不在時幫我看管我的書好嗎？ |

以上的例子也說明了，同樣的問句可以有三個以上的答案，當然一個意思可以有很多個文字或句型表達，或者一個句型可以解讀成不同的意思，這是很多語言都有的共同現象。如果有心理準備與相當的理解，就不會覺得記單字表像吃藥也不會成為學習的阻礙，甚至當成有趣的事來學習。

嬰兒油是用嬰兒做的？

　　無論哪一種語言，有時候語文邏輯無法用常理類推，舉一生活例子來思考：台灣食安問題讓很多人嘲笑：橄欖油裡沒有橄欖，米粉裡沒有米。一般正常的邏輯：既然叫橄欖油，這油應該是橄欖作的油，米粉的成分也應該是米。

　　不過有些商品的文字名稱好像跟「橄欖油」與「米粉」具一樣的邏輯，商品成分與名稱意思卻完全不同。如嬰兒油絕對不是用嬰兒做成的油，而是給嬰兒用的油，是不是還有其他雷同的產品存在？。所以，語文邏輯無法以常理推論，中文有這些議題，那麼英語文呢？

　　學英語文很多學生採用推理的策略，舉一反三。這個策略非常重要，畢竟學語文無法逐條列文學習。不過，當學生想採以一概全方式推理，常常被「例外」打敗。因為無論是拼字、讀音、文法，好不容易記住一個規則，後面又來個例外，讓學生很煩，很排斥這種情況，不想學了，乾脆不玩了！這樣的想法，豈不是不給自己機會呢？

　　以下舉一規則說明以一概全的危險性。本篇所要釐清的是：規矩具適用範圍，不能通包。當讀者認為是例外，其實是

只是適用範圍問題。認清楚了這個概念，很多問題可以迎刃而解。

1. 規則：動詞+er/or

動詞加-er、-or成為執行這動作的人，以下例句：

work + er = worker　工作→工人　（工作的人）
write + er = writer　寫→作家、作者　（寫書的人）
act + or = actor　演戲，動作→演員　（演出的人）
read + er = reader　讀→讀者　（讀書的人）

這種方式好處就是不用一個字一個字分開背，就是不用把act與actor分開背。何況兩字的意思也很相近，典型的黃魚兩吃。這樣事半功倍的方法筆者絕對贊成，舉一反三方式可以節省時間，不過這種學習策略背後有些觀念需澄清，這也是本書一直要強調的觀念：規則可以幫助你加速學習，省時省事，但千萬不要被規則綁死。

（1）問題

有時候學生學會了某一規則，然後依樣畫葫蘆，這樣的想法讓學生會寫出這種句子：

My father is a cooker.

　　他想表達：他的父親是以「作飯」為工作，以上面提到的
規則與邏輯就是：

正解

cook 煮 + er = cooker？煮飯的人？（chef）

但這個句子My father is a cooker.

英文意思是：我爸爸是電鍋。

　　以下字再舉其他兩例：

正解

steal 偷 + er = ？　小偷　　（thief）

sell 賣 + er = ？　售貨員　（sales）

　　這樣使用規則的方法是正確的，為什麼這個規則反而不能
表達正確的意思？

（2）問題的解答

　　以上1.的規則範圍不該侷限於：「人」。

　　規則修改為：

　　動詞加-er、-or成為執行這動作的人或器皿，或與此動作

有關的事。

2.有些動詞雖然可以加-er、-or是指做這個動作的物品。

　　如cooker是指煮飯的器皿：電鍋。以下舉三個例子說明。

open	開 + er = opener	開罐器
tell	說 + er = teller	櫃員（銀行）
mark	做記號 + er = marker	奇異筆／記號

　　（1）opener不是開門的人，而是指開罐器。也不能指美國（商業）大樓或飯店站在門口幫來賓開門的人，他們是doorman。

　　（2）說話的人tell+er，不一定是指說話的人，而是銀行的櫃員，如果一定要用teller，只有指說故事的人：story teller。

　　（3）作記號的人不是mark+er，而是作記號的工具：筆（馬克筆）。

3.動詞加-er或-or後，不指作這動作的人，而是與作這動詞有關的事。

　　有些動詞加了-er或-or後的意思與原來動詞是有雷同的意思，但又有些不同。例如seller是賣東西的人沒錯，但是指賣

方，不是售貨員，意思還是稍微不同。seller還有另一個意思是指最佳暢銷物品，如：

The Hunger Game was the best seller in 2012.
這句是指「飢餓遊戲」這本書是2012最佳暢銷書。

4.動詞+er或+or的限制與適用範圍。

以「說」為例，加了+er或+or，是指說話的人，但是範圍與意思就有規範，因為動詞規範後面的接的詞：

與文法有關，例如及物動詞，或不及物動詞等。
與文意有關，如慣用法等。

（1）以下舉例說明。說話的人與動詞「說」，「講」有關，但是表示說、講的動詞有四個：speak, tell, talk, say。（這四個動詞將在第二冊「多義字篇」中詳細說明）。這四個動詞加了er或+or的用法與規範如下：

A. speak + er，說話的人或演講的人（慣用法：不能用say或tell）

B. tell + er，講故事的人或寫故事的人。tell必須與故事（story）連用，成為story teller。

C. talk＋er，愛說話的人，不是會說話的人

D. say沒有加er的用法！

動詞say後面只接說話的內容。如：

She said, "I don't know."　她說：「我不知道。」

She said that she does not know.　她說她不知道。

（2）動詞+er或+or規則的遊戲。

筆者前面提醒讀者不要被規則綁死，既然規則是規範，是否也可以反規範？

筆者學生很聰明，於是將本篇一開始提到動詞+er/or的規矩，倒過來想：

A. 如果碰到不認識的生字，字尾是-er/or結束，如果去掉-er/or，是否就是動詞？

B. 猜測這些字一定是來自做甚麼動作有關的人、事、物。

「猜」是一種學習與溝通的策略，只是萬一這個方法不管用時，可能誤事，有些語文檢定考算分採扣分制，讀者必須有把握的猜。

A. er/or -er/or = verb?

將單字字尾的er／or去除是否就是動詞？

這個想法非常具數學概念，只是語文與數學無法搭配百分百。有些字不是動詞加-er/or組成的，這些字只是剛好以-er/or結束。例如：

senator（參議員）

vender（街頭小販）

doctor（醫生）

B. 區別是否是：動詞加-er/or的方法？

回到原點，即把-er/or拿掉後是否是一個有意義或有效的字（動詞）或詞。例如以下例子，doct（x）與vend（x）都無法成為有意義的字，即可判斷這個字不是動詞加-er/or，有些字（vender, doctor）只是湊巧以-er 或-or結束。

doctor - or = doct?

vender- er = vend?

當然前面提「有把握的猜的策略」，其實是有依據的推理。如將以下的兩個字去掉-er/or還是有意義而且是動詞，即可判斷-er/or是加上去的。例如以下單字，農夫與農場有關，老師是教學的人。

farmer 農夫 -er = farm 農場

teacher 老師 -er = teach 教學

聰明的學生應該多應用規則，遊玩規則，可以讓學習事半功倍。不讓規則侷限學習，多涉略，觸角多元化，不畫地自限，給予自己更多一個學習英語文的機會！

文化與語言

　　因此本單元希望讀者由小議題認識英美文化，幫助讀者進入英語文的世界，更助長學習的空間。

　　筆者教授課程之一是英美語言與文化。通常上課第一天筆者還是照往例測試學生對英美文化的理解程度。這門課的考古題是：請舉一個可以代表英美文化的項目。

　　第一次做這個測試時，學生反應非常慢，五分鐘寫不出答案。不知是範圍太大，還是學生不知道答案。於是筆者給提示：食、衣、住、行。學生免強答了美式速食與牛仔褲。幾次測試後，筆者給更多提示：時下有名的人，國際時事，上娛樂版面等。學生的反映加速，比前幾次快很多，幾乎可以馬上寫出答案。

　　最初幾次實驗，當題目只有說：「英美文化」時，學生對這個詞無法具體化，因此遲遲無法下筆。也許是這個詞太抽象，也許範圍太大，也許無法很確定哪一項目可以代表英美文化。或者對哪個項目可以代表英美文化議題毫無概念？

　　筆者的測驗也反映了，也許很多學英語文的學生，對這個

題目：「英美文化」與筆者的學生有類似的想法。讀者是否自己也來考一考自己？你的答案是什麼？

1.舉一個（人、事、物）可以代表英美文化的項目。

學生的答案終於包羅萬象，舉例代表美國的，項目洋洋灑灑一大堆，但是代表英國相對比較少。有些答案當與學生的年齡有關，有些還不錯的答案是與學生的歷練有關：

（1）代表美國文化的項目：麥當勞、自由女神、歐巴馬、林肯、牛仔（褲）、麥可傑克森、皮薩、漢堡、自由、種族歧視、迪斯耐（樂園或動漫）、好萊塢等。

（2）代表英國文化的項目：英國女皇、披頭四，炸魚與薯條（fish and chips）、米字旗、下午茶等。

2.定義文化。

文化的定義分大範圍與小範圍[22]：

（1）文化大範圍的指標是包含：英國、美國歷史、地理、文學、藝術、音樂、政治、社會等；如以上學生的答案也包括了現任總統與重要現代與歷史偉人、音樂偶像、地標等。

（2）文化的小範圍包括食、衣、住、行；行如肢體語言，如手指的揮動表示數字或餐桌上的食物選項、刀叉擺盤、餐桌形狀道桌布的花色與桌飾等；如以上學生的答案中包含了美式、英式飲食與服飾。

---

[22] Seeyle, H.N. (1992). Teaching Culture. Lincolnwood, IL: National Textbook.

文化的範圍包山包海，英語文的字彙與該英美文化一樣範圍寬廣。當學習者對目標語言的文化熟悉時，學字彙更能錦上添花。例如學生認為代表美國文化之一的是自由，另一項是自由女神，但是這兩個「自由」是不同字彙。

　　美國人崇尚「言論自由」使用的詞彙是：freedom of speech；代表美國的雕像是「自由女神」」，使用的詞彙是：Status of Liberty。這兩個字freedom與liberty[23]是同義字。如果對美國歷史文化有概念，那學習這兩個單字易如反掌。這個小測驗也說明了認識英美文化，絕對可以幫助學習英語文。

---

[23]　另一詞與liberty相關的是Liberty Bell自由之鐘，此鐘與美國獨立歷史關係密切。

007叫什麼名字？

　　讀者都看過007電影，還記不記的他說的經典台詞？為什麼是這樣說呢？

　　他說：Bond, James Bond.

　　為什麼先說Bond再說James？

　　哪個是他的姓，哪是他的名？

　　如果Bond是姓，James是名，為什麼倒過來說呢？

　　口語英語不是先說名James，然後再說姓Bond。不是嗎？

　　讀者知道上面問題的答案嗎？這些問題，是不是問題呢？

　　以下筆者與大家分享教學經驗中與「姓」、「名」有關的議題。請讀者注意兩個層面：1.書寫與口語的用法；2.正式與非正式用法。

1.書寫名與姓

　　筆者教授課程之一是：論文寫作，此課程包含一般英文作

善用語言元素及知識，英文學習快Ｎ倍

128

業報告，英文報告或論文最後需附英文參考書目。筆者原以為寫參考書目很簡單，只是將書本上提用的資料（包含書或文章作者的姓、名），依格式寫即可。學生卻是問題多多，困難重重；這個問題與第一個單元，語文的基本元素書寫大小寫字母的問題，非常相似。

（1）問題：哪個是哪個？

當學生看到一本書，不管是教科書、參考書或小說，除非早知道作者與書名，否則學生的第一個問題是：

怎麼知道
哪個是 first name（名）？
哪個是 last name（姓）？

這個問題相信很多人都有，而且不一定是寫參考書目時才有的問題。因為英文姓與名除了一般電視、電影、小說的人物，曾聽過、看過，或認識的人，才會知道哪個是姓，哪個是名。

如 John（約翰）、Paul（保羅）、Peter（彼得）、馬修（Mathew）、（Robert）勞伯是男性。Betty（貝蒂）、Jenny（珍妮）與 Mary（瑪莉）是女性。Smith（史密斯）與 Lincoln（林肯）是姓氏。

如果常看 2016 國際新聞，尤其美國大選，讀者知道 Hilary（希拉芯）是名，Clinton（克靈頓）是姓。Donald（唐納）是

名，Trump（川普）是姓。

（2）作者的姓、名

　　如果沒聽過，沒看過，單看書的封面，如Gabriel（名）Rodriguez（姓），真要學生判斷作者姓、名，是種大考驗，更別說要他們寫參考書目。

　　這裡還有另一個性別問題Gabriel是女生還是男生？（本書本篇不討論性別議題）可見「姓、名」還是一門學問。請看以下兩本書。作者姓、名在哪裡？哪個是姓？哪個是名？

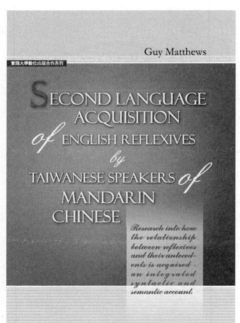

作者：Guy Matthews
出版社：秀威資訊科技股份
　　　　有限公司

一般書的作者放在書封面的下方（一般書都是先寫名再寫姓），作者前面小字by，意思是此書「由」接下去的人名來著作。

圖中關於第二語言習得（Second Language Acquisition），作者的名字「蓋（名）馬修斯（姓）」（Guy Mathew）。

在右上方。如果作者的名字放在上方，通常字體不會太大[24]。作者的名蓋（Guy）[25]是非常典型的男性名。Guy的意思是：男子[26]，他的姓也是典型的姓，如果名（Mathew）的後面加S就變成姓（Mathews），如美國電影明星朱莉亞羅伯斯（Julia Roberts）。

2.官方說法

還記得很多年前，筆者第一次到AIT申請簽證時，第一次踏入美國領土，當時他們對維安很重視，一次只有十人被警衛引導入一小室填寫申請表。寫完表格才可進入另一室做下一步申請程序。

---

[24] 請參考第一單元「大寫寫大一點？小寫寫小一點？」篇
[25] 例如飾演電影lockout中男主角雪諾一角是Guy Pearce（蓋皮爾斯）。
[26] guy非正式的稱「男子」或「人」。如that guy（那個人，那男子）。如果是複數guys，是指「大夥」。（The American Heritage Dictionary）

（1）官方表格

表格，第一行上面寫：

　　＿＿＿＿＿（family name），＿＿＿＿＿（given name）

筆者的疑問：

A.學校只教過first name與last name，表格上的意思哪個是哪個？

B.既然given name擺在前面，難道是名嗎？

筆者只能發揮猜想的能力填寫，family name應該是姓，因為同一家族（family name）的名應該是「姓」，除了姓，剩下得應該是「名」。所以give name應該是名。

可是為什麼表格卻要先填寫姓（family name），再填寫名（given name）呢？不是從小大到都被教：

　　first name first

　　（先寫／說名）

　　last name last

　　（再寫／說姓）

（2）官方寫法

其實很多美國官方表格都是印family name（姓）、given

name（名），不是last name、first name。這是正式表格，所以正式寫法，需先寫姓，再寫名。（這個前後順序議題請看下一篇。）

還記得當時當場就有很多人對given name，family name傻眼！私底下竊竊私語，待在小室裡，或許戒備森嚴的密室還有看不懂的表格令人焦慮，遲遲無法進入下一個程序，有人請教警衛，警衛說很客氣拒絕，因為他不能僭越職守，何況牽涉個資議題，求助無門時，當時讓很多人氣餒不已。

3.007姓什麼？

為什麼007先說姓？讀者如果常看英美電影，好像都只說名。如下面例子，在任何派對中，道格與妮佛見面時，彼此自我介紹。他先說出自己的名字，珍妮佛也會說出自己的名。

A：I'm Doug.（我是道格）

B：Jenifer.（我叫珍妮佛）

一般非正式的場合，自我介紹或介紹他人，名字就可以了。但正式的場合就不一樣。007先說姓：Bond（龐德），James Bond（詹姆士，龐德）。這是正式的自我介紹，007想鄭重的告訴大家他的姓與名！

陳老師？陳小姐？

　　筆者當學生的時候無論老師、同學稱呼同學的名字，都是三個字連名帶姓一起叫。除非對較熟，有了綽號的同學通常直接叫別名，不是三個字稱呼。

　　時空的轉換，進入二十一世紀，人與人之間的互動與稱呼也改變了。筆者不習慣現在的工作環境裡的「稱呼」方式：對週遭工作同人只稱呼名。這個不習慣讓筆者覺得：這是代溝嗎？

1.入境隨俗？

　　當筆者到現在服務單位時，同仁彼此稱呼名時，非常不習慣，從小大到沒人叫筆者兩個字的名，如果有也僅限長輩。當學生稱筆者為〇〇老師（名＋老師），非常不習慣，筆者幾次要求學生稱呼筆者為黃老師，依然效果不彰。當發現這是本工作單位的一種文化，也就入境隨俗。

　　這樣只稱呼名的方式出現了幾次尷尬的情況。有一次外系學生選課出狀況，解決問題須找助教，於是告訴學生找系助教

處理，學生問筆者助教姓名時，筆者才驚覺忘了助教姓氏，因為一向都是只叫兩個字的名字，從未稱呼：姓＋職稱，如陳助教。當時學生的表情，令人難以忘懷。

還有一次，為研究生填寫校方文件，筆者也是忘了學生的姓氏，平常都是以名稱呼，當下填寫文件需全名時，只能很不好意思的問學生，她瞪大眼睛的表情，讓人十分尷尬。

2.外國人比較禮貌？

筆者曾在美國小學執教鞭，即使很短的時間讓人記憶深刻。三年級的學生對筆者第一天上課就稱Mrs. Huang（黃太太），當筆者說當時筆者是未婚，他們馬上改口Miss Huang（黃小姐）。美國中小學生對老師的稱呼不用教導，他們自然懂禮貌。

（1）彼此共識

筆者在美讀研究所時，不管大學部或研究所，學生對老師的稱呼完全看老師與學生的互動，畢竟都是成年人。有的教授讓學生直呼名（first name），有的教授沒有說，有的教授是一版一眼，告知所有人如何稱呼他或她。

有的老師想與學生多互動，在第一天點名時告訴學生如何稱呼老師，然後問學生希望老師怎麼稱呼他們，並註記下來，以後課堂上或校園裡雙方就按造這個模式進行。

（2）個案

筆者在美修讀博士班時，有一位教授（Professor B）令筆者印象深刻，他告訴所有人一定稱呼他為Dr. B（頭銜＋姓氏），系上大、小秘書、學生沒人不敢不遵從他的規定。不是害怕教授，而是禮貌性的尊敬這位教授的看法。

這位教授對人際距離與稱呼他人是一成不變，對同事、秘書也不像其他教授同仁或行政單位同仁彼此稱呼名，如Robert（勞勃）Dianne（戴安）。

這位教授對老師都是Dr.加姓，如Dr. Johnson（強生博士）。他對其他單位同仁也是一樣的模式。如果是行政單位同仁或系上祕書則是Mrs.加姓氏或Miss/Mr.加姓氏，如Mrs. Johnson（強生太太）或Mr./Miss Johnson（強生小姐／先生）。只要是這位教授在場，所有系上的老師與行政人員都是尊造他的意思稱呼。

3.台灣人沒禮貌？

一位美籍同事曾提到學生對他的稱呼，很多學生無論當面或背後都是只叫老師的姓氏。以美式文化解讀是：在學校裡只有老師叫學生的姓，學生如只叫老師姓，不加頭銜，可視為大不敬。這位老師也曾經告訴學生，如何稱呼他了，但是學生似乎沒當一回事，居然不改變對他的稱呼？

這樣的情形如果在美國，可以解讀為是一種汙辱，也不尊重這位老師，因為他已告知對方他希望如何被稱呼了。（美國文化只稱呼對方姓還有其他情境本章篇不談）。這位美籍同事在台灣居住多年，他了解這種稱呼方法不能以美式文化解讀學生對他的稱呼，學生沒有汙辱他的意味，所以他不會生氣，但還是讓他耿耿於懷。

4.我家小孩沒禮貌？

外籍老師的稱呼在筆者的生活中也有小插曲。家中的小孩讀小學一年級時，台灣小學剛好加入英語課程，學校每週邀請美籍老師來說說唱唱，小孩很感興趣，回家總是開口閉口說安納老師長，安納老師短，開心唱英文歌。

筆者總以為這位老師姓安，名納。到了三年級來了一位捷克老師，筆者才注意到也許這位安納老師的名字為安納，不是姓安，名納。於是問小孩，安納老師的姓氏與捷克課老師的姓氏。小孩說不知道，筆者擔心小孩上課不專心，沒聽到，深怕小孩對老師不禮貌，於是追問是否小孩沒專心聽到老師說他的姓氏。小孩的答案是很無辜的表情。筆者的解讀是：外籍老師可能真的沒有告訴小朋友她們的姓氏。

5.學英語文，從名字開始？

筆者經過多方認識這個現象，發現台灣很多美語補教界外籍老師都是讓學生叫老師的名（first name），甚至學校裡英文老師也是讓學生叫老師的英文名。有一位小學老師的解釋是，直譯陳老師，Teacher Chen很奇怪，叫Miss陳，中西合併不好。而且叫Miss Chen有時不知是鄭老師？還是鄭小姐？是陳老師？還是陳小姐？如果叫Peter或Mary還可以順便學英名字。

這樣說法很有道理，只是筆者認為學校是教育的基礎，學習英語稱謂就是學習基本美式或英式禮儀，禮儀應該與語言同時學習，不用分開學習。在台灣的稱呼模式也算是一種台灣模式，也許可以套句話，入境隨俗。不過，讀者需注意的是到了英語地區，這個模式不一定正確。

人與人溝通時第一個需要知道的是如何稱呼對方姓名、職稱、頭銜與如何提及他人姓名、職稱、頭銜。此時名字、稱呼牽涉到的是人際距離（或社交距離），距離的拿捏是門學問，太近可能觸犯對方，太遠又怕見外，至少在自身文化下可能知道人與人之間的距離，講話的輕重而調整。

當碰到跨文化時，這個調整的分微就很難，即使有了語言學習或文化學習，不一定能運用自如。因為雙方彼此認識的時間長短與上下輩分，還有雙方的認知，雙方稱呼的共識與否，都須視情況而定，還有當地文化一定須納入考量。可見語

言學習不只是單純的語言學習，這個學習可以觸及到使用這個
語言的文化，因此，學習者不可忽略。

大小賈斯汀

　　台灣歌迷可能知道美國流行音樂歌手中，至少兩位男性歌手的名字都是賈斯汀，一位就是賈斯汀，另一位是小賈斯汀。他們都姓賈，名斯汀嗎？

1.賈斯汀姓賈嗎？

　　在台灣，當提到這位歌手「賈斯汀」時，是指Justin Timberlake。有些他主演的電影，通常中文的名字也只有賈斯汀，不會把他的姓（Timberlake）寫出來。

　　當提到小賈斯汀時，是指Justin Bieber。為什麼這樣區別，可能與他們的出道與年齡有關。取名小賈斯汀應該是因為他出道時的年齡很小，還有一個可能是他出道的確比賈斯汀晚。

　　筆者常想「賈」是中國百姓之一，是否有些歌迷真的以為他們姓賈，名為斯汀？如果過一陣子，再來一歌手名字也是賈斯汀時，唱片公司會取甚麼名字？該不會是小小賈斯汀？

2.怎麼找賈斯汀的CD呢？

筆者對美式姓名感興趣是偶然機會。E世代的學生對影音教學比較感興趣，對紙本教學興趣缺缺，筆者不得不尋找更多教學輔助教材，因此有一陣子常到資訊行逛。

筆者發現一個有趣的現象：筆者發現CD與DVD排列的順序是以歌手的名為排序，不是以姓氏做排序。如果想找魔力紅合唱團（Maroon Five）主唱歌手亞當拉文（Adam Levine），必須到字母A區，不是到字母L區。如果要找電影明星阿諾史瓦辛格（Arnold Schwarzenegger）的電影：魔鬼終結者（The terminator），也是到字母A區找，不是到字母S區。

筆者認為有趣的地方是一般西文人名的排序方法都是以姓氏為編排的依據，然後再以姓氏的第一個字母順序排序。為甚麼台灣的唱片行排列方法是以名為排列依據，不是以姓氏作依據？

3.名字太長了？

筆者的解讀是國外歌手的名字如果音譯，有時候太長了，讓人很難唸，對記憶也是一種負荷。如Christina Aguilera如果音譯就是「克里斯汀・阿里嘎里格斯」，總共十個字，她的姓真的很不好念，所以給取各外號「小精靈」，也許三個字較適合中國人一般三個方塊字的姓名方式？

還有一個有趣的現象就是，看電影海報，上面的主角名字都是中文，也許對某些觀眾外國演員名字太長了，或者太長不好唸，或者相似的名字太多記不住，或者這位演員在台灣尚未家喻戶曉，所以他們的名字旁邊總是會加註這位主角在其他電影的演出，以下舉某電影海報上兩位演員名字由左到右，前面兩位排印如下：

[魔鏡 魔鏡]　（電影名字）　　[幕光之城]
莉莉柯林斯　（演員名字）　　傑瑞米貝爾包爾

演員名字上面放的是台灣上演過的電影中文名稱，表示這演員參與這電影的演出或腳色。也許這樣就可以喚起觀眾對演員的記憶力。

4.名字與邏輯？

雖然這只是一個名字賈斯汀，但牽扯到的是英文排序的邏輯，英文的排序是以姓氏排序，然後以A-Z的順序排，如果讀者翻閱任何外文書籍後面的英文參考書目，即可理解英語排序的方法，都是以姓氏排列，而且是以A-Z的排序法。

學習字母與字母順序觀念是任何人開始學英語時，都會學到的基本概念，這件事更證明了語言與使用這個語言人們的思維邏輯是息息相關，不能切割。

近年來因3C產品的盛行，大部分的學生用電子字典或手機查生字，很多學生不會用紙本字典查單字。筆者好奇問過學生，是否使用紙本字典，大多數的學生的答案是：太慢了，極少數學生很誠實地說：對字母的排序不夠熟悉，如果每查一個單字，需將字母排序背誦一次，真的是曠日廢時。可見一個簡單的排序問題對語文學習關係卻不簡單。

5.沒有排序啊？

筆者的學生很厲害，總是讓筆者需要更努力查資料，努力注意資訊，努力學習新資訊，才能跟上他們的腳步。學生提出沒有A-Z的排序方式：他看過電影最後的演員名單出現時，沒有按造這個說法排序，名單排列並沒有以A的名字先排。

沒錯！這個情況是：依演員出場／出現的順序，因此電影會在名單的最上方打上一個訊息：以下排序是以演員／角色出場的順序（in order of appearance）。

台灣很多教科書在課本的後面也是以這個方式將單字排序：以每個單字出現在書中的順序，排成字表。比較貼心的出版商會在每個字的後方排出頁數，方便學生找出單字出現的課文。這樣的貼心也是另類的訊息，這樣的貼心，是否讓學生都能理解字母排序的重要性與英美語文排序觀念？

中文以筆畫排序，這個排序法大部分以中文為母語的人應該沒有異議，那麼對英語的排序方式又為何不能遵循？

早餐吃什麼？

　　相信任何國中程度以上的人都知道breakfast的意思。但是，是否知道：美式美式早餐的內容是什麼？

　　學生可能是以[breakfast早餐]、[lunch午餐]、[dinner晚餐]的方式記單字，至於breakfast、lunch、dinner的內容是甚麼？不一定知道。

　　在筆者的教學生涯中，出現了與美國人的早餐有關的小插曲。某天十點鐘下課後，在教授休息室碰到一位美籍同仁，他說他快受不了，學生的早餐（羅波糕加蒜泥辣椒醬）還有其他口味很重的食物，把他燻死了！這位老師對這件事說過好幾次。

　　雖然這位老師住台灣多年了，對台灣食物很了解。但還是無法忍受，更無法理解早餐吃這些重口味的食物。筆者很好奇的問，他的早餐是什麼？他說：一杯咖啡與一片土司。還加一句：就是這麼簡單，他邊走邊搖頭出去！因此筆者想到兩個問題：

　　一般學生是否知道美國人早餐吃什麼？

　　筆者的英語文學系學生知道美式早餐（breakfast）是什麼嗎？

1.美式早餐是什麼？

筆者上課時常讓學生發表他們的意見與看法，當然要與學習英語文有關。筆者在課堂上做好幾次調查，問學生美式早餐的內容是什麼？結果幾乎一樣：

筆者讓學生說出一種美式breakfast（早餐）的內容，還強調是美國人的早餐。每次做這類調查學生反應十分熱烈，學生很想知道他們的想法是否正確。

（1）美式早餐：豆漿＋油條？

學生說出約三十項食物，這些項目還包括油條、豆漿。不知道給這種答案的學生是：

A.調皮搗蛋，故意說的？

B.還是，真的有些學生對美式早餐的內容不是很清楚？

C.學生學單字breakfast（早餐），他的早餐是油條與豆漿，所以學生只是寫出他或她所知道的早餐，不一定與語言有關？

有些學生可能把台灣吃的西式早餐認為就是美國的美式早餐。台灣的西式餐點很普遍，但這些號稱西式或美式餐點真的是美式餐點嗎？

（2）投票表決？

筆者將學生說的項目條列寫在黑板上後，讓學生舉手投票，選出哪些食物是美國人早餐的主要項目。兩項得票數最多的是：沙拉與三明治。

2.美式早餐是：三明治與沙拉？

為了澄清學生所說的三明治與沙拉是指臺式沙拉與三明治[27]，還是指美國的美式沙拉與三明治，提出以下問題：

（1）三明治的定義。

（2）三明治的形狀。

（3）三明治的麵包。

（4）三明治夾的內餡等問題。

當場還是有些學生滿臉疑問，因為他們從小到大，在台灣，三明治都是指台式三明治：三角形白吐司中間加火腿、蛋！（與三明治相似問題請看第二冊，「本日麵包五折？」篇）

---

[27] 台式沙拉與三明治：在台灣一般人所說的沙拉是指馬鈴薯加美乃滋的沙拉，除非別說明是凱薩沙拉或是雞肉沙拉作區分。三明治也是，除非特別指明，否則就是一般超商可以買到的白吐司夾火腿、起司、蛋等食材。）就是一般超商可以買到的白吐司夾火腿、起司、蛋等食材。

3.美式早餐的定義

幾乎每次總有些學生像受到文化衝擊，一時無法接受，當然搬出字典（用手機查字典），提出異議。筆者也建議學生與讀者，下次看電影或電視影集，請注意看美國人早餐吃什麼？（也請注意腳色的背景與以下說明）。

（1）breakfast（字義）

有的學生當場將查到的breakfast英文意思，說出來：the first meal of the day（一天的第一餐）[28]，並強調字典也沒有說明內容。的確英英字典也不一定記載breakfast的內容。學生的舉動不管是否為了答辯而答辯，基本上也說明了：有些學生學英語單字只是記單字表層意思，不一定知道單字意涵與內容。

（2）breakfast（內涵）

「字典」顧名思義就是說明「字」的意思，不一定說明內容與涵義。何況很多字典與詞典沒有附圖說明。除非是百科全書，圖書字詞典，才會將字詞的來龍去脈，甚至引經據典，交代清楚。

---

[28] Colins Cobuild English Dictionary

4.早餐與背景

回歸正題，以下列出常見的早餐內容。美式早餐內容因人因家庭而異，也可能因地域而不同。好比在台灣也不是每一家庭早餐都是吃豆漿、油條。依每個家庭生活方式與成員而不同。

前面提到看電影時注意角色背景，在美國，尤其都會區，如果父母雙方都是上班族可能不開火，以方便為主；如果沒有小孩，可能就是咖啡一杯，吐司一片就解決了。有小孩也能是飲料一杯加麵粉類食物（麵包、蛋糕等）。

如果家中媽媽是家庭主婦才可能開火，煎培根、香腸、蛋。做需費工的早餐如鬆餅（pan cake）或做歐姆蛋（omelet）等，但還要看是否家人會廚藝或願意動手。一般是以下任何一項中的某一種，當然也可混搭或吃大餐。

（1）牛奶與穀類（cereal）、紅茶、咖啡、柳橙汁、葡萄柚汁等。

（2）柳丁、香蕉、蘋果、葡萄柚等。

（3）烤土司塗奶油或果醬、鬆餅（pancake）、瑪芬（muffin）、蛋糕（cake）、牛角（Danish pastry）、培果（bagel）塗起司醬（cream cheese）等。

（4）培根（bacon）、香腸（sausage）等。

（5）水煮蛋、炒蛋、荷包蛋（sunny side up）、歐姆蛋[29]（omelet）。

如果讀者住過美國大學校園，學生餐廳也提供類似的食物。

5.美國人早餐吃台式沙拉？還是美式沙拉？

另一項學生認為是美式早餐之一是沙拉。在美國通常沙拉是晚餐的食物，美國人早餐幾乎沒有蔬果，頂多一顆柳丁／葡萄柚，或一根香蕉。很多美國人不喜歡吃蔬菜、水果；現在因養生健康與減重觀念流行，才有人中餐或晚餐只吃沙拉。

（1）美式沙拉

美式沙拉食材不侷限於馬鈴薯，一般是指生菜、番茄、小黃瓜加醬料（不一定是美乃滋或千島醬）。如果是以蔬菜為主，還可以加胡蘿菠、洋蔥、西洋芹等。其他食品也可做成沙拉，如肉類（燻雞肉沙拉），海鮮（龍蝦沙拉），水果，蛋，馬鈴薯、麵類（pasta）等。

美國各地區的風情人文與農業產品不同，可能採用不同食材且加入香料。醬料也不侷限於美乃滋或橄欖油，可以是cottage cheese、sour cream（酸奶）等。

---

[29] omelet，蛋汁做成約5英吋圓型皮後，將起司／蔬菜或火腿或水果等切丁，放在蛋皮一邊半圓型內，將另一邊蛋皮對折蓋過餡，變成半圓形的荷包蛋。內餡可依每個人的喜好搭。

（2）台式沙拉

台灣一般沙拉是指馬鈴薯沙拉，將馬鈴薯煮熟，等冷後切丁加入美乃滋，較講究的可能加入胡蘿蔔，小黃瓜，火腿等還可能加入水果增加口感。

一個單字可以反映出很多學習上的議題，例如一個單字早餐breakfast，即可衍生出很這麼多議題，因此學英語文最好多方面學習，如此說範圍太大，筆者常給學生的建議是，找個自己喜歡的議題，針對這議題，深入尋找出自己真正喜歡的題材。

如果讀者喜歡音樂（music），音樂的類別包含Jazz（爵士）、blue（藍調）、pop（熱門音樂）、rock（搖滾）、country（鄉村）、rap（饒舌）、gospel（教會福音），古典音樂（classic music），歌劇（opera）等，如此類推、分層、分類深入學習，一定快樂學習英語文。

台式還是美式三明治？

　　上一篇「早餐吃什麼？」談到在課堂上問學生「美式早餐是什麼」？每次做這個早餐的實驗，有些學生非常迷或，有些學生點頭如搗蒜，有些學生好像受到文化衝擊，有些學生十分不服。

　　大部分的學生認為美式早餐是：三明治與沙拉。當討論道三明治時，學生的問題更多了。因為有些人從小到大，看到的，吃到的三明治大部分是：早餐店可以買到的，或便利商店可以買到的兩片白吐司中間夾火腿、蛋的三明治較多，當然現在便利商店的三明治選擇性越來越多。很多學生為了方便與經濟能力，早中餐可能都是買個三明治解決。

　　這個實驗讓很多學生從新學習一個單字的義意，衝擊非凡。為了說服學生，筆者當場讓學生拿出字典，查單字定意，而且強調是看英英字典不是英漢字典。

1.三明治的定義

　　英英字典的定義：

"sandwich": two slices of bread with a layer of food such as cheese or meat between them[30]. （兩片麵包中間夾一層食物如肉或起司等）。

從這個定衍生出以下的幾個問題，讀者一定吃過無數個三明治，請問是否想過這些問題？

2.三明治是什麼形狀？

為了確認學生知道三明治的定義，還是問了以下問題：

問：三明治一定是三角形的嗎？
答：（一臉迷惑）

這一題通常都是學生一臉疑惑看筆者。對有些人而言，「三明治」一詞有個「三」字，將它想成三角形，也無可厚非。的確，不管台灣或美國，三明治通常是四方型吐司斜角對切成三角形，這樣比較好咬食。不過，如果讀者買過台灣美式連鎖餐飲商家的三明治，有些是四方形或長方型。

---

[30] Colin Cobuild English Dictionary

3.三明治的麵包是哪一種？

依上面所查到的定義，兩片麵包不一定是兩片吐司，麵包可能是像潛水艇堡用的橢圓形的麵包。請注意，定義中two slices of bread的麵包是用bread不是用toast（吐司）。[31]

做三明治的材料很多，為了確定學生對問題的理解與對主題的認知，於是筆者又問：

（1）問：三明治的麵包一定是白吐司嗎？
　　　答：對阿！也有全麥吐司。
　　　（有人加一句：比較貴喔！）

（2）問：除了白吐司外，可以是其他麵包如全麥橢圓形麵包嗎？
　　　答：那是潛水艇堡，不是「三明治」。

每次問到這裡，很多學生是張大眼，無法相信，潛水堡與三明治的相同性。所以說每次做完實驗，總有學生跑去問外籍教師，一定要驗證一下筆者的說法。無論如何，還是讓筆者很欣慰，讓學生有動機好學。

---

[31] 「麵包」包不包含吐司？麵包的定義又是什麼？此問題將在第二冊「麵包與吐司」篇討論。

以上學生的答案說明了對三明治的材料不是很清楚，甚至誤會了基本材料。因此還是需要一些澄清。

4.三明治中間夾什麼？

　　問：三明治中間夾哪些食物？

　　　　是甜的還是鹹的？

　　答：都可以阿！

　　雖然學生的答案是正確的，但是還是有些人從頭到尾都是皺眉，一臉迷惑。可見，有些學生對文字義意的了解只是表面。三明治的中間夾的食物因人喜好而定，有甜口味或鹹口味：

（1）甜口

　　如果喜歡甜的口味，很多人塗果醬，或花生醬，也有只塗奶油。當然也可以混搭如peanut butter sandwich（花生奶油三明治）。

（2）鹹口

　　最簡單的三明治口味只夾起司，如上述定義所說。當然起司分很多種口味，看各人喜好。相信讀者一定看過潛水艇三明治，中間夾各種肉類（corn beef, ham, turkey）與蔬果（lotus, tomato, onion, olive），醬瓜（pickle），起司與塗很多種

醬料（minas, ketchup）。如BLT指三明治夾培根，生菜與番茄（bacon, letus, tomato）。所以三明治的夾心不侷限於火腿與蛋。

5.三明治總共幾層？

　　這個問題跟上面2.「三明治是什麼形狀？」一樣。很多學生幾乎快受不了。她們一定想：老師瘋了，三明治是三角形，共三層，為什麼是問題？

　　其實筆者想讓學生感受一下老師的感受，如本單元第一篇「為什麼學生老愛問為什麼？」，無論哪個老師都有問題，如果不知道答案，在專業知識範圍內，老師知道到哪裡找答案，這也表示老師也需要進修，不是全能的。

　　三明治一定是三層嗎？最少是三層。還是看個人喜好。可以是無限層次。不過太多層，吃的時候，可能張嘴的高度需要配合。

6.三明治什麼時候吃？

　　這個問題跟下一篇「幾點吃早餐？」一樣的議題，飲食與文化息息相關，大家都知道，但是與學英語文的關係大概沒想那麼多吧？

　　通常美國人三餐都可以吃三明治，所以沒有太大的限制，幾乎是因人而異。最主要的是作三明治很容易，而且不一

定需要開火，大人小孩都可以做。

　　讀者是否想過三明治還分美式？台式？其實本篇只是藉此話題說明學語言時，必須注意使用該語言人的文化，如學英語文，最好也同時學習英美文化。最好的學習方法是從該文化角度學習語言，一定可以學到全面性而且更到地的語言！

幾點吃早餐？

　　早餐（breakfast）是一個平凡的單字，但是飲食、生活文化與文字的關係卻是密不可分。前一篇「早餐吃什麼？」提到早餐的內容包括食物與飲料，很多項目在台灣幾乎是到處可見，尤其是連鎖速食店，全盤複製到台灣。

　　台灣的課綱與教材無論是哪個階層，外語語言教學題材均涵蓋：西餐食物、飲料字彙與詞彙，到餐廳、櫃檯如何點餐、如何侍者、櫃檯人員、空服人員互動等內容與詞句。

　　讀者學這個單字breakfast是否想過以下問題？

　　1.美國人的早餐時間是幾點到幾點？
　　2.上一篇提到的美式早餐中飲料選項包含「柳橙汁與葡萄柚汁」，幾點可以喝這些飲料？
　　　（英文課本裡或字典裡是否說的這麼詳細？）
　　3.還有其他英語系國家早餐內容與時間是否與美國相同？

　　讀者是否看過電影，劇中A角色倒酒請B角色喝，B角色說：

It's too early.（對我而言，喝酒的時間）太早了。

B角色的意思可能是拒絕對方的好意，一方面也表達了西方人對喝酒時間的看法。

以下是多年前筆者在美國連鎖速食店與櫃檯人員的互動經驗，提出來與讀者分享。

1.不賣柳橙汁？

筆者口渴，到櫃台，點一杯柳丁汁，但是櫃檯服務人員卻說沒有柳丁汁，奇怪的是服務人員背後就放著一台裝約半桶的柳丁汁。

筆者就反問服務人員：你背後不就是柳丁汁嗎？

他答非所問的說：已經過了十點半了。

櫃檯人員的回答邏輯是：

（1）柳丁汁是早餐食物，

（2）當時已過了十點半，所以過了吃早餐時間，既然過了早餐時間，就不算吃早餐，所以不喝早餐的飲料柳丁汁，

（3）當然不賣早餐飲料。

現在台灣很多美國引進的連鎖速食餐廳也沿用類似的邏輯，有些食物只有某些時段才賣，過了時段，就不再販賣。也許讀者認為只是一種行銷的手段，其實可以說另類的文化置入式行銷。

2.早餐與語文文化

讀者一定想學一個單字與單字內容（早餐的內容食物）還有這麼多問題？

（1）吃美式早餐（或喝飲料）還要有規定：

　　吃什麼？

　　喝什麼？

　　什麼時候吃、喝？

（2）吃美國食物還有規定：

　　什麼時後不可以吃這個？

　　什麼時後不可以喝那個？

　　當然學英文沒有那麼嚴重，筆者的經驗所呈現的是：

（3）即使是一個單字，它的內涵可以牽涉到很多令人想不到的議題。

（4）一個單字breakfast可以表達說這個語文人們的飲食文化。

（5）文字表層字義不一定反應深層內涵。

本篇所談到的是：「breakfast」字面的意思是「早餐」，

如果想真的學語言的真髓，還是需要瞭解單字的內容，才能學到語言的內涵與樂趣。如果讀者理解這個道理，多認識使用這語言人們的文化，學習這個語言，不但在學習道路上趣味無窮，學習必然成效佳！

善用語言元素及知識，英文學習快N倍

160

六人行，行不行？

　　台灣很多人喜愛電視影集「六人行」，這部影集的內容深獲大眾的喜愛，主要是除了腳色都是俊男美女外，還有題材平易近人，讓小老百姓認同，加上對白有趣，笑果十足，讓人在寓教於樂中學習英語。因此有人推行看六人行學英語。

　　筆者參加某國際演討會，中午午餐時間，聽到外國學者批評「六人行」是最糟糕的教材。雖然當場他沒有仔細說明原由，現場有些學者也點頭表贊同。這位外賓的說詞需要解說，雖然筆者不完全贊同，但他的看法有些道理。

　　筆者也非常喜愛這部影集，喜劇總是讓人輕鬆愉快。幾乎筆者大部分的學生都喜歡「六人行」，從教學角度來說，只要學生喜歡，就是好教材。畢竟要讓學生高興快樂的情境下，不排斥教材，教學才能產生效果。

　　筆者上課也經常使用這個教材時，應用此影集作為學習英語文與英美文化的輔助教材於很多情境：

1.情境與口語

　　如果用「六人行」作為語言教材，它的背景是需要釐清：通常電影或影集提共的是口語對白。如果以這種教材學習，學習者學到的是：口語對白的英語。電視影集與電影的教材涵蓋兩項技能：聽與說。沒有：讀、寫，因為沒有書本資料，不過，讀者有興趣閱讀該影集的劇本網站。

　　筆者尊重學習者的選擇，畢竟學習者的學習動機與學習成效息息相關。如果學習者喜好某一類影視教材，那麼須注意：可能只學到某一類型的口語英語，例如六人行屬喜劇類，因此如果讀者以這類型的影集作學習對象，那麼所學到的範圍是：喜劇類型的口語英語。

　　別忘了，還有很多其他範圍可以學習的教材。例如影集還有戲劇類。戲劇類包含警匪犯罪動作類，科幻推理類，醫學類，法律類等。除了影集還有音樂類、綜藝類等，這兩類的語言範圍更多更廣更多元。

2.口語英語解說

　　上述提到的外國學者的評論，學者的想法當然是以教學與理論作出發點，筆者以下以簡單方式[32]，說明與解釋為什麼這位學者這樣評論。

　　也許讀者認為以下所說的都已知道了，但筆者想提醒讀者，以下所說的是在任何情境以英語文做為溝通的工具。讀者學英語或教學時，尤其與外國人溝通時，或用英語對外商作簡報時，是否想過這些議題？

（1）人面對面溝通時的方式，因人、事、物不同有差別。

　　一般可分為四種方式[33]：

A.正式。

B.非正式。

C.隨性式。

D.親密式。

（2）決定用哪個口語溝通的方式，由四個要素決定。

A.參與人。

---

[32] 以Holmes, J，社會語言學學者的說法說明。

[33] Holmes, J. 所提的四種因素決定說話的方式participants（參予者），setting（場地），topic（話題／題目）and function（功用）。

B.場地。

C.主題。

D.功用。

例如父母與子女（參與人）在家客廳（場地），閒聊家常或討論家族旅遊（主題），小孩想跟父母要求旅遊零用錢（功用）。

如果以上述四個要素考量，在「六人行」影集都被涵蓋。四個主角都是熟習的人，談日常生活事物，所以使用的語言是親密式的口無遮攔對話方式。

六人行中的語言，不是總統在機場紅地壇上，接見國外領袖正式場合的官方語言。可見說話人、說話內容與目的、還有地點可決定說話的方式。

3.以「六人行」影集解說四個因素與學習口語英語

（1）參與人

如果以六人行為例，參與人就是六位好友，三男三女，他們居住在同一公寓裡，當然非常熟識，這六位腳色的工作屬性都不是高科技或嚴肅專業性質，除了一位是教師外，其他五位從事食品，零售，演藝方面的工作。

這些工作性質也較接近一般普羅大眾，因此他們說話不會用艱深難懂的字眼，也不用專業術語，更不會咬文爵字。當然他們說的英語也淺顯易懂，他們說話的對象都是好友，說話方

式不需設防，隨意式與親密方式居多。這些也是觀眾喜歡他們的原因之一。

（2）場地

這個影集的場地大部分是這六個腳色的公寓裡的客廳、臥房，與他們常去的咖啡廳，而且這兩個場地都是每天吃、喝、睡，令人放鬆的地方，不需要設防，因此任何腳色都不需要正經八百的方式，完整的句型說話，都是輕鬆簡單單字、辭彙，隨性的方式說話。

（3）主題

由上面兩項可以看出影集的內容幾乎與六位腳色的所有一切有關，因此影集內容題材圍繞在腳色的周遭與生活，當然主題不外涵蓋：開門七件事，愛情，家人親情，生活圈大小事，街坊鄰居八卦等．當腳色說的用詞用語也是與這些題目有關，不太會牽涉任何學科學理，正式學術或商場作生意互動，或外交禮賓等嚴肅的政經言論。

（4）功用

這個影集是喜劇類，為了娛樂觀中，很多對白不得不誇張。當然好友之間為了達到某些目的，彼此可以不用太客氣，直接表示。例如劇中角色菲比對雷秋抗議或雷秋恥笑菲比時，他們的口頭禪表情緒高亢的詞句是：Oh, my god! 別忘了，這

是六人行中男女主角彼此熟識的說話方式，而且是影集製造笑果使用的台詞。

　　讀者想從電視影集或電影學英語文，是否想過這些議題？

　　電影或電視影集是很好的教材，因為他們提供了情境與腳色，故事來龍去脈，遠比紙本教科書或CD補充教材給予多重視覺與聽覺的刺激，外加娛樂效果。寓教於樂，學習者當然很容易上手。

　　以教學的角度看：學習者不需要模擬或想像情境。也不須在課堂上學習，學習的主控權是由學習者掌控，如學習者隨時都可以學習，題材還可以自我選擇。尤其新世代的小孩對於影音視覺的感染度高，因此更有動機學習，效果可能因學習者的投入而提升。

　　看電視影集學英語是一種學習方法，但是學習對象語學習方法不能單一選項，好比吃東西不能偏食，只吃一種食物，容易造成營養不均，如只看某一影集學英語，以為說英語，完全像六人行劇中男女主角說話方式說英語，這樣豈不是局限自己學習範圍？

未來在何方？

一部電影的名字是：回到未來（Back to the future）。讀者對英文篇名看出任何端倪嗎？英文篇名玩文字遊戲，以英文對時空的說法，這個篇名違反了英文用詞邏輯。請看以下說明。

1.英文的未來與過去

英文的「未來」是在前方，如to look forward to seeing you（將來期望再看到你），將來是「往前看」（forward指「往前」）。如當鼓勵他人，努力往前走，勿回顧過去不愉快的事，就說Keep going! Don't look back.

前：Looking forward to seeing you.　期望將來再看到你
後：Don't look back. Keep going!　不再回顧（往事），
　　　　　　　　　　　　　　　　繼續往前走。

英語文的方向與時空的表達方式是：

未來：在前方。

過去：在後方。

以英文的邏輯：未來在前方，過去在後方，因此跨越時空到未來應該是「前進」，而不是「回去」，所以這個電影名稱違反了這個英文語文時空邏輯，這樣的取明方式目的當然是想吸引觀眾的矚目。

對科幻小說電影有興趣的讀者應該看過，這系列的電影，但是否曾想過電影中文片名的賣點？可能讀者沒想過，以下比較中文與英語文的時空說法，讀者是否想過這些差別？

2.中文的過去與未來

「過去」與「未來」的文字表達，中西完全不同。中文把過去的事或古人用「前」字來表達，如「以前的事」與「前人」。對未來是用「後」字，如「往後的日子」，所以中文裡的成語如：「前無古人，後無來者」。

前：前無古人，過去的日子（前日）

後：後無來者，往後的日子（來日方長）

中文表達方向與時空的方式是：

未來：在後方

過去：在前方

　　東、西方對於時間與空間的看法不同，這個相異處在語言裡十分明顯。雖然本篇中提到的是少數例子，但是這些詞不是只有關係表達時間、空間的問題，這個表達牽涉到使用這語言對於人、事、物的看法。以下再以空間的方位表達方式做比較。

3.空間方位

　　以下再比較中、英文裡表達東、南、西、北與上、下、左、右不同的地方。

（1）東、南、西、北

　　中文裡先說東、西，再說南、北；但在英文裡卻是先說南、北，再說東、西。例如中文說西北方，東南方。而英語卻說north west（北西方），southeast（南東方）。

中文：東南，　西北

英文：southeast,　northwest

　　　　（南東　北西）

所以美國一家航空公司的中、英文名字是不同字序。

西北航空公司，Northwest Airline
（北西　航空）

（2）上、下、左、右

當指位置的方位時，中文先說左、右；再說上、下，例如「左上角」，「右下角」。英文先說上、下，再說左、右，例如upper left（上左角），lower right（下右角），表達字序中英文是不同。

中文：左上角，　右下角
英文：upper left　lower right
（上左角　下右角）

筆者也曾被學生問：為甚麼先南、北，再東、西？如果用簡易的解讀，把這些詞歸為慣用法也未嘗不可。但是嚴格的審識：

A.這種方式表達了這個語言使用者對於周昭環境人、事、物的看法。

B.即使用此語言的人，認為哪個方位較重要，哪個方位是先發位置。

由此可見，學習英語文，由小小詞語，窺視這群使用者對它門的世界的看法，不也很有趣?!

　　只是簡單的空間方向議題可以看出東西文化的不同，這不同不但在文化上不同，文字上也不同，因此學習語言不是只有學習文字表層的意思，還有多層次與深層的學習。

　　筆者常對學生說：「把學習英語文當成尋寶或旅遊，不要當成難事或辛苦差事」。可是常常有些學生老是想不開，認為學英語文為什麼這麼麻煩？

　　筆者建議：不要跟自己過不去，花時間為難自己，還不如花這些時間找樂趣？東方、西方，台灣、美國，方向完全相反，當然表達的方式也相反，所以上、下、左、右，東、西、南、北，表達方式也相反，不就是有趣的地方嗎？

紅茶還是黑茶？

　　在「為什麼學生老愛問為什麼？」篇與「用這個字不可以嗎？」篇裡，筆者被學生問過很多問題。本篇談顏色與英文，以下是學生問有關顏色的三個問題：

　　為甚麼紅茶不是red tea而是黑茶black tea？
　　而綠茶就是green tea？
　　為什麼紅糖不是red sugar而是棕糖brown sugar？

　　學生的想法，好像學英語文一定要把這些為什麼知道了，才能學好英語文？筆者認為：有問題表示學生學習時，動腦思考，非常好的學習態度！不過，動動腦固然很好，可別鑽牛角尖，讓自己學習不開心。

1.茶的顏色

　　讀者如果看過進口英國black tea茶葉（不是茶包），是什麼顏色？

茶葉是黑色，所以英文叫：black tea。有沒有道理？

台灣的紅茶，不管茶葉顏色，茶水的色不是黑色，較像紅棕色。

台灣取這種茶為：紅茶。用茶湯顏色來表達茶的名字，是不是也有依據？

而台灣紅糖的顏色也不是真的紅色，比較接近淺棕加磚紅色。如果到一般菜市場買的傳統的紅糖，色澤是較接近棕紅色或是磚塊色。如果以這個顏色名名為：brown sugar棕糖，有沒有道理？

這些例子說明一個語文單字的義意與命名的連結。如台灣叫「紅茶」是與茶水的色澤角度有關，而英文black tea是從茶葉的色澤角有關。這樣是否可以幫助學習？如果台灣也是從茶葉角度，就顏色邏輯而言，除了綠茶（生茶）一般熟茶也應該叫黑茶（black tea），因為很多茶葉的色澤都是黑色。

筆者也聽過學生表示，這樣紅、黑不分，太難了，單字背不來！如果像上面以生活小趣事來記單字，不是很好玩？追根究柢的精神是學習的動機，可是不要為難自己，變成學習的絆腳石。

2.Brown rice（棕色米）是什麼？

與顏色有關的單字小故事，筆者還可以與讀者分享。多年前，在國外留學，留學生的生活除了單調，更不用說吃到朝

思暮想的台灣美食。有一回筆者與一堆台灣留學生想吃中國菜，費盡心機，終於找到離學校好幾十哩外的中菜餐廳，當點完菜時：

侍者問："Brown rice or white rice?"

英文的「白米飯」white rice，大家的理解沒問題，但棕色飯（Brown rice）又是什麼？一堆人一起看筆者，經過解釋，她們都知道糙米飯叫brown rice。

不過他們又問筆者：為甚麼？糙米飯一點也不brown啊！

大家的想法都差不多。其實就色澤的角度，美國的棕色（brown）較淺，如一般學校軍訓課的卡其布，所以糙米飯的顏色就是很接近卡其布的色。台灣的色澤棕色較接近不加奶的咖啡色。

讀者都知道語言與思想的關係，因為語言會影響人的思考方向。思考影響學習時採用的策略。把這個說法用到語言學習，例如食物與顏色的關係，顏色與語文名稱，不用台灣的生活方式與角度推想，而是用英美生活方式學習，不但增加學習趣味，也可增加學習記憶。

秀威經典　　　　　學習新知類　PD0041　學語言11

善用語言元素及知識，英文學習快N倍

作　　　者／黃淑鴻
責任編輯／杜國維
圖文排版／楊家齊
封面設計／葉力安

出版策劃／秀威經典
發 行 人／宋政坤
法律顧問／毛國樑　律師
印製發行／秀威資訊科技股份有限公司
　　　　　114台北市內湖區瑞光路76巷65號1樓
　　　　　電話：+886-2-2796-3638　傳真：+886-2-2796-1377
　　　　　http://www.showwe.com.tw
劃撥帳號／19563868　戶名：秀威資訊科技股份有限公司
　　　　　讀者服務信箱：service@showwe.com.tw
展售門市／國家書店（松江門市）
　　　　　104台北市中山區松江路209號1樓
　　　　　電話：+886-2-2518-0207　傳真：+886-2-2518-0778
網路訂購／秀威網路書店：http://www.bodbooks.com.tw
　　　　　國家網路書店：http://www.govbooks.com.tw

2017年5月　BOD一版
定價：240元

國家圖書館出版品預行編目

善用語言元素及知識,英文學習快N倍 / 黃淑鴻著.
-- 一版. -- 臺北市：秀威經典, 2017.05
　　面；　　公分. -- (學習新知類；PD0041)(學語
言11)
　BOD版
　ISBN 978-986-94686-2-6(平裝)

　1. 英語　2. 學習方法

805.1   106006524

讀 者 回 函 卡

感謝您購買本書，為提升服務品質，請填妥以下資料，將讀者回函卡直接寄回或傳真本公司，收到您的寶貴意見後，我們會收藏記錄及檢討，謝謝！
如您需要了解本公司最新出版書目、購書優惠或企劃活動，歡迎您上網查詢或下載相關資料：http:// www.showwe.com.tw

您購買的書名：_____

出生日期：_____年_____月_____日

學歷：□高中 (含) 以下　　□大專　　□研究所 (含) 以上

職業：□製造業　□金融業　□資訊業　□軍警　□傳播業　□自由業
　　　□服務業　□公務員　□教職　　□學生　□家管　　□其它_____

購書地點：□網路書店　□實體書店　□書展　□郵購　□贈閱　□其他

您從何得知本書的消息？

　□網路書店　□實體書店　□網路搜尋　□電子報　□書訊　□雜誌
　□傳播媒體　□親友推薦　□網站推薦　□部落格　□其他_____

您對本書的評價：（請填代號　1.非常滿意　2.滿意　3.尚可　4.再改進）

　封面設計____　版面編排____　內容____　文／譯筆____　價格____

讀完書後您覺得：

　□很有收穫　□有收穫　□收穫不多　□沒收穫

對我們的建議：_____

_____

_____

_____

11466
台北市內湖區瑞光路 76 巷 65 號 1 樓

秀威資訊科技股份有限公司　　　收

BOD 數位出版事業部

....

（請沿線對折寄回，謝謝！）

姓　　名：＿＿＿＿＿＿＿＿＿＿　年齡：＿＿＿＿　性別：□女　□男

郵遞區號：□□□□□

地　　址：＿＿＿＿＿＿＿＿＿＿＿＿＿＿＿＿＿＿＿＿＿＿＿

聯絡電話：(日)＿＿＿＿＿＿＿＿＿＿　(夜)＿＿＿＿＿＿＿＿＿＿＿

E-mail：＿＿＿＿＿＿＿＿＿＿＿＿＿＿＿＿＿＿＿＿＿＿＿＿